수라전설
독룡

시니어 신무협 장편소설

ORIENTAL FANTASY STORY & ADVENTURE

dream
books
드림북스

수라전설 독룡 20 수라의 질주

초판 1쇄 인쇄 2020년 5월 13일
초판 1쇄 발행 2020년 5월 27일

지은이 시니어
발행인 오영배
편집 편집부
일러스트 eunae
본문 디자인 오정인
제작 조하늬

펴낸곳 (주)삼양출판사 · 드림북스
주소 서울시 강북구 도봉로 173
대표 전화 02-980-2112 **팩스** 02-983-0660
편집부 전화 02-987-9393 **팩스** 02-980-2115
블로그 blog.naver.com/dreambookss
출판등록 1999년 3월 11일 제9-00046호

ISBN 979-11-283-9853-7 (04810) / 979-11-283-9448-5 (세트)

드림북스는 (주)삼양출판사의 판타지 · 무협 문학 브랜드입니다.

수라전설
독룡

20 | 수라의 질주 |

시니어 신무협 장편소설

ORIENTAL FANTASY STORY & ADVENTURE

dream books
드림북스

목 차

第一章

독룡의 방식

　무림총연맹의 이대 전투 조직인 청룡대검각의 각주 금강
천검 백리중.

　해월 진인이 무림맹주로서 남아 있을 당시에는 그의 위
세도 하늘을 찔렀다. 그러나 세간에서는 그의 무공을 일사
이불삼도이왕보다는 아래로 놓은 게 사실이었다.

　무림맹주는 정파의 대표이자 상징이다. 최고의 무공과
수많은 문파들을 통솔할 정치력을 동시에 갖추고 있어야
했다. 그런데 드러난 것만 보자면 백리중은 정치력은 갖추
었어도 무공 실력이 증명된 적이 거의 없었다.

　심지어 진자강에게 일격을 당하여 중독된 적도 있었으

니…….

오히려 북천의 벽력대제 가무루와 현교의 새 교주 마제 야율환을 죽인 진자강보다 몇 수는 아래가 아닌가, 의심하는 이들이 많았다.

때문에 백리중이 유력한 차기 무림맹주 후보로 꼽히는 것에 대해 불만스러워하는 이들도 많았다.

검왕 남궁락도 그렇게 생각하는 이들 중 하나였다.

특히나 해월 진인에게 오랫동안 보살핌을 받아 오다가 그를 배신하고 무림공적으로 만든 데 대해 크게 실망했다.

어차피 살의를 품은 남궁락은 백리중에 대한 분노를 여과 없이 드러내었다.

"남궁가와 나 남궁락은 진인의 친구로서…… 너를…… 용서하지 않겠노라."

화를 내면 낼수록, 내공을 끌어 올리면 끌어 올릴수록 남궁락의 말이 느려졌다.

남궁락이 검끝을 아래로 하여 흔들흔들하면서 백리중에게 다가갔다. 검은 아무런 문양도 없이 수수하였으나 쭉 뻗은 검신에서는 품격이 느껴지고, 순백의 날에서는 영성(靈性)마저 풍겼다.

남궁가의 보물 작하신검(酌河神劍).

이 검을 쥐면 마치 몸에 황하가 담긴 것처럼 끊이지 않고 내공이 이어져 칠 주야를 싸워도 지치지 않는다 하여 작하라는 이름이 붙었다.

특히나 남궁락과 같은 고수가 그러한 보검을 쥐게 되면 얼마나 공포스러운지는 두말할 필요가 없는 것이었다.

그러나 백리중은 서기와 현기를 동시에 뿜어내는 기괴한 눈빛으로 웃음을 지었다.

"작하신검, 곧 검의 주인이 바뀌겠군."

남궁락이 조소하며 느릿한 말투로 대꾸했다.

"욕심이 많구나……. 나를 쓰러뜨리고 이 검마저 갖겠다……?"

"본가의 마구간에 말뚝으로 쓰면 좋을 것 같아서?"

백리중의 호협한 표정에 달린 사악한 웃음에 남궁락의 살기가 짙어졌다.

백리중이 검기가 뿜어져 나오는 천주인을 아무렇게나 쥐고 남궁락을 향해 저벅저벅 걸어갔다. 핏핏, 천주인에서 불규칙하게 뿜어진 검기가 바닥에 구멍을 숭숭 뚫어 댔다.

남궁락도 함께 내디디며 백리중과의 거리를 좁혔다.

백리중이 두 걸음을 올 때 남궁락은 겨우 반 걸음을 걷는다.

백리중과 남궁락의 거리가 다섯 걸음까지 좁혀졌다. 순간 백리중이 빠르게 천주인을 휘둘렀다.

키이이이익!

공기를 찢는 듯한 소리와 함께 천주인의 검기가 채찍처럼 타원을 그리며 남궁락을 후려쳤다. 남궁락은 검기가 날아오는 걸 보면서 그제야 검을 올리고, 뒤늦게 백리중의 어깨를 검으로 쳤다.

핏.

백리중의 어깨 끝 옷자락이 잘려 나갔다.

공격은 백리중이 먼저 했는데 남궁락의 검기가 먼저 백리중에게 닿았다!

남궁락의 절대만검.

백리중은 즉시 손목을 틀어 천주인을 거꾸로 돌렸다. 검기로 자신의 앞을 마구 그어 댔다. 백리중의 전면에 수많은 불꽃이 튀어 댔다.

카가각!

이어 백리중을 중심으로 좌우에 갑자기 수많은 검흔이 패이기 시작했다.

좌악! 좌아악! 백리중이 선 자리만 제외하고 그 양옆에서 수백 개의 칼로 후려친 것처럼 미친 듯이 흙더미가 튀어 올랐다.

백리중이 흙먼지로 뒤덮인 가운데에서도 미소를 흘렸다. 남궁락은 무표정했지만 살짝 한쪽 입가가 들썩였다. 지금의 상황이 마음에 안 드는 것이다.

백리중이 아무런 피해 없이 살의가 섞인 남궁락의 절대만검을 막아 냈다.

"북리검선을 네놈이 어찌한 게…… 맞는 모양이구나."

"쯧쯧, 사람 말을 너무 안 믿는군. 내 분명 말했거늘. 당신의 세계는 너무 좁구려, 검왕."

"네 본 실력으로는 북리검선도 내 검도…… 못 막는다. 네놈이 정도를 벗어났으니…… 오늘 그 대가를 치르리라."

백리중의 눈썹이 치켜 올라갔다. 돌연 백리중의 표정이 악귀처럼 일그러졌다.

"정도? 무공에, 선하고 악함이 있다면, 내가 악이 아니라 당신이 악이다. 검왕."

분명 한 명의 목소리인데 두 갈래로 찢어진 듯한 걸걸한 목소리다.

남궁락이 인상을 썼다.

"그래…… 뭐라고 하든 오늘 넌 죽을 것이다."

남궁락은 검을 쥐고 자세를 약간 낮추어 비스듬히 섰다. 그러곤 쭉 일검을 뻗는 자세를 취했다. 동작이 아이라도 볼 수 있을 정도로 느려서 전혀 위협적이지 못하게 느껴졌다.

백리중이 좌장을 뻗었다.

백리중의 앞에서 커다란 폭음이 울렸다.

꽈앙! 꽈앙!

그제야 남궁락의 팔이 완전히 뻗어졌고, 폭음이 더욱 거세졌다.

꿩가부곡장이 남궁락의 절대만검을 무력화시켰다. 동시에 천주인이 맹렬하게 회전하며 남궁락의 전신을 덮쳤다.

구풍멸악검.

남궁락은 팔을 쭉 내민 채라 전혀 방비가 되지 않는 모습처럼 보였다. 한데도 백리중의 구풍멸악검은 남궁락을 상처 입히지 못하고 남궁락의 뒤쪽에서 연신 회오리쳤다. 돌이 잘리고 바닥이 패고 흙먼지가 마구 휘몰아쳤다.

쿠르르르르.

절대만검은 일 초에 공격과 방어가 포함되어 있다. 공격하는 자세가 곧 공격이며, 공격이 곧 방어가 된다.

그러나 그때 남궁락의 상투 끝이 잘리며 남궁락의 머리카락이 풀려나왔다.

남궁락이 눈을 부릅떴다.

동시에 사악한 검은 기운을 내뿜고 있는 백리중의 반쪽얼굴 입술이 길게 올라갔다.

"내가 천하에서 무서워한 건 오직 한 명이었는데, 이미 죽었다. 한데 이 내가 당신을 두려워할 것 같은가, 검왕!"

남궁락의 눈썹이 일그러졌다.

"어디…… 그…… 말대로인지 보…… 자."

남궁락의 말이 엿가락처럼 늘어졌다.

＊　　　＊　　　＊

어마어마한 흙기둥이 연신 치솟고 폭음이 울렸다.

꽝꽝, 지축이 흔들릴 정도의 위력이다.

남궁가의 제자들은 백리중이 남궁락에게 전혀 밀리지 않는 모습에 크게 놀랐다.

세간에 알려진 무위와 전혀 다르지 않은가!

그런데 아까부터 둘의 싸움을 거의 보지 않고 있던 진자강이 남궁가의 제자들에게 말했다.

"당신들이 할 일이 있습니다."

남궁가의 제자들이 무슨 말인가 의아하여 진자강을 쳐다보았다.

진자강이 몸을 돌리고 있었다.

"날 따라오십시오."

"뭐, 뭐 하시는 거요!"

"따라오십시오. 저들을 구해야 합니다."

진자강은 일반 무인들이 싸우는 장소를 가리켰다.

"으아악!"

"크악!"

정의회는 일반 무인들 틈에 숨어들어 마구 칼질을 하고 있었다. 적과 아군이 가려지지 않아, 싸움터는 온통 아비규환이 되어 있었다.

남궁가 제자들이 당황했다.

"사부님이 금강천검과 싸우고 계시잖소. 그런데 우리더러 자리를 뜨라는 것이오?"

"검왕께서 홀로 금강천검을 맡아 주었으니 오히려 잘된 것 아닙니까."

"금강천검이 사부님께 싸움을 건 걸 보면 분명히 준비해 둔 함정이 있을 것이오. 그가 잔꾀를 부리지 못하도록 막아야 하오!"

진자강이 답했다.

"금강천검은 검왕을 죽이기 위해 찾아왔습니다. 자신이 있으니 찾아왔을 겁니다. 그런데도 스스로 싸우겠다고 한 건 검왕입니다."

제자들의 얼굴이 벌게졌다.

"사부님이 질 거란 뜻이오?"

"설사 그렇다 하더라도 우리더러 사부님을 버리란 소리는 하지 마시오! 우리가 사부님의 뒤를 지켜 드릴 것이오!"

진자강의 눈빛이 서늘해졌다.

"나는 검왕이 죽지 않기를 바랍니다. 달리 말해 죽지만 않으면 됩니다. 그러나, 당신들이 돕지 않으면 나도 당신들을 돕지 않겠습니다."

대놓고 남궁락을 시간 끌기용으로 쓰겠다는 말이다.

남궁가의 제자들은 말문이 막혔다.

"그걸 말이라고……!"

하지만 진자강은 이미 그들을 보고 있지 않았다. 낮은 산 등성이로 올라오는 새카만 숫자의 무인들을 보고 있었다. 개중에 움직임이 다른 고수들이 섞여 있는 것이 보였다.

"저들이 오면 여기 있는 모두가 다 죽습니다. 당신들이 필요합니다. 지금이 아니면 기회가 없습니다."

진자강이 남궁가 제자들을 향해 장강검문의 검령을 번쩍 들어 보였다.

"당신들에게 의가 남아 있다면 이 검령을 모른 척하지는 않을 것입니다!"

"으윽!"

남궁가 제자들은 검령과 남궁락을 번갈아 쳐다보았다. 남궁락이 진자강의 말을 들었는지, 못 들었는지는 알 수 없었다. 그러나 한 치의 양보도 없이 팽팽한 접전이 이루어지고 있어서 말을 하기도 어려운 상황이기도 했다.

진자강이 남궁가 제자들은 물론 화산파 제자들을 향해서도 소리쳤다.

"날 따라오십시오!"

진자강은 대답을 기다리지 않고 먼저 몸을 날렸다.

화산파 제자들은 북리검선의 실종을 밝혀야 했다. 그러나 지금은 정의회의 함정에서 살아남는 것이 우선이었다. 진자강의 말을 따라 뒤를 좇았다.

남궁가 쪽에서도 진자강과 안면이 있는 남궁원이 먼저 움직였다.

"할아버님을 믿는다. 나는 검령의 맹세에 따라 독룡을 따라가겠다!"

모두 고민스러운 얼굴이었으나 어쩔 수 없었다. 남궁가 제자들 중에 한 명만 남기고 다른 이들은 모두 진자강을 따라갔다.

진자강은 자신을 따라온 남궁가와 화산파 제자들에게 영귀와 손비가 길을 열기 위해 싸우는 장소를 가리켰다.

"저쪽으로 가십시오!"

남궁가 제자들은 입술을 깨물었다. 사천에서 진자강이 끌고 온 이들을 지키기 위해 자신들을 이용한단 말인가?

하지만 남궁원이 다시 독려했다.

"독룡을 믿어라!"

그리고 진자강은 정작 혼전이 펼쳐지고 있는 싸움터로 갔다. 이미 백 명이 넘게 부상당하고 수십 명이 죽었다.

진자강은 장내가 한눈에 내려다보일 만한 장소로 가 아름드리나무의 윗동을 장력으로 때려 부러뜨렸다.

그러곤 그 위로 올라서서 소리쳤다.

"지금부터……!"

겁살마신의 내공을 끌어 올려 힘껏 포효했다.

허락 없이 움직이는 자는 모두 죽는다!

우르르르르!

진자강의 내공이 뇌성벽력이 되어 산과 들을 진천(振天)시켰다. 강과 호수의 물방울이 툭툭 끓듯이 튀어 올랐다.

수백 명 모두가, 심지어는 남궁락과 백리중조차도 몸을 움찔하며 일거에 동작을 멈추었다.

그러나 기회를 놓치지 않는 자는 있기 마련이다. 모두가 멈춘 사이에 누군가 자신과 싸우던 자에게 칼질을 했다.

"죽엇!"

"으아악……!"

비명 소리에 무인들이 다시 움찔하며 칼자루를 잡고 휘

두르려 하였다.

그 순간 진자강이 칼질한 자를 향해 양손을 뻗었다. 수라경이 튀어나와 칼질한 자의 전신을 꿰뚫었다. 진자강이 팔을 들자 전신이 꼬치에 꿰인 듯 꼬인 자가 버둥거리며 하늘로 떠올랐다.

"대, 대협! 독룡 대협! 나는 정의회 사람이 아니오! 나는……!"

하지만 그의 말조차 진짜인지 아닌지 구분할 수 없다. 피아 구분이 전혀 되지 않는 상황인 것이다.

진자강은 서슴지 않고 양팔을 좌우로 벌렸다. 몸에 꽂혀 있던 수라경이 좌우로 몸을 가르고 지나갔다.

투투툭!

수라경에 의해 하늘로 떠올랐던 자가 수십 조각으로 잘려 떨어졌다.

진자강이 극도로 살기를 개방했다.

견살기와 시살기, 관살기가 모두 섞여 사방을 뒤덮었다. 죽음의 공포가 무인들을 옭아맸다.

거기에 몸에 자연스럽게 밴 위압감이 그들을 짓눌렀다.

무인들은 소름이 돋아 몸이 굳었다.

몇몇의 눈길이 능선에서부터 달려오는 정의회 사람들을 향했다.

싹!

그중 눈이 아니라 고개를 돌린 자들의 목이 허공에서 잘려 굴러떨어졌다.

진자강이 자신의 경고가 허언이 아님을 증명하고 있었다.

무인들은 기겁했다.

무인들의 머리 위를 열 가닥의 수라경이 누비면서 혀를 날름거리고 있었다.

무인들은 손끝 하나 움직이기 어려운 지경에 이르렀다.

검왕 남궁락과 금강천검 백리중조차 싸움을 멈추고 물러선 마당에 자신들이 무엇을 할 수 있겠는가!

도대체 진자강이 무슨 말을 하려는지 기다릴 수밖에 없었다.

진자강이 손짓했다. 허공을 누비던 수라경이 일시에 움직여 영귀와 손비 쪽을 가리켰다.

"이곳을 벗어나고 싶은 사람만 저쪽으로 가십시오."

진자강의 말에 뭇 무인들이 당혹을 금치 못했다.

모두 멈추라기에 적과 아군을 가르는 무슨 대단한 방법이라도 있는 줄 알았는데 그냥 벗어나고 싶으면 한쪽으로 이동하라니?

피아의 구별을 개인에게 맡긴다고?

그때 몇몇이 움직였다.

진자강의 눈이 번뜩였다. 그들의 움직임을 하나도 놓치지 않고 보더니 손을 휘저었다.

움직인 자들을 공격하진 않았다.

대신 멍하게 서 있던 자들을 수라경이 휩쓸었다. 수라경에 쓸린 자는 이번엔 몸이 잘려 죽은 게 아니라 그대로 녹아내렸다.

"으아아악!"

토막 나서 조각이 흩어지는 것도 끔찍했지만 독에 녹아 거품을 내며 죽는 것도 끔찍했다.

"허억!"

놀란 무인들이 급하게 이동했다.

그사이에도 진자강의 손은 멈추지 않았다.

사람들 사이에 잠입해 있던 정의회 소속 무인들의 동공은 크게 흔들리고 있었다.

진자강이 자신들만 골라서 죽이고 있다!

조금 전, 몇몇이 겁을 집어먹고 진자강이 가리킨 쪽으로 달아나면서 정의회의 표식을 떼어 버렸다.

원래 자신들만 알아볼 수 있도록 무기의 끝에 검은색의 수실을 달아 놓았는데, 진자강이 그것을 알아챈 것이다.

진자강은 굳이 수실을 떼고 달아나는 자까지 노리지는 않았다. 그러나 검은색 수실을 달고 가만히 서 있는 자는 바로 공격했다.

정의회 소속 무인들은 갈등했다.

진자강이 가리킨 쪽에는 화산파와 남궁가 제자들이 사천에서 온 진자강의 일행들과 함께 있다. 명문 정파의, 그것도 북리검선과 검왕이 직접 골라 데려온 이들이 눈을 부라리고 있는데 함부로 행동할 수 있겠는가. 일반 무인들을 상대로 칼부림하는 것과는 다르다. 애먼 짓을 했다간 바로 목이 달아날 것이다.

게다가 혹시나 자신들을 알아보는 자가 생기면? 그 자리에서 죽을 수도 있다.

하나 그렇다고 가지 않을 수도 없다. 여기 남아 있으면 당연히 진자강의 손에 죽는다.

"에이잇!"

정의회 소속 무인들은 서둘러 수실을 떼어 버리곤 일반무인들에 합류해 이동했다.

대부분은 진자강이 가리킨 쪽으로 이동했다.

진자강의 위협에 자존심이 상해 움직이지 못하는 이들과 갈팡질팡하는 정의회 소속 무인들 소수가 남았다. 그 수가 채 이십이 되지 않았다.

진자강은 더 손을 쓰지 않았다.

그러나 불안해하기는 남은 쪽과 이동한 쪽, 모두가 마찬가지였다.

방금까지 서로에게 칼질을 하던 사이였다.

북리검선과 검왕의 대결을 구경 왔다가 정의회의 무인들에게 날벼락을 맞은 이들은 서로가 누군지 모르니 갑자기 칼을 맞을까 봐 찜찜했고.

정의회 무인들은 신분을 확인할 수실을 떼어 버렸으니 역시 피아를 구분하지 못하여 서로에게 칼부림을 할까 찜찜했다. 정체가 들킬까 봐 조마조마하기도 했다.

뿐만 아니라, 화산파와 남궁가 제자들도 피아가 섞여서 몰려든 수백 명을 보며 황당해하고 있었다.

언제 누가 그 안에서 칼을 휘둘러도 이상하지 않은 상황이다. 눈을 부릅뜨고 그런 이들을 감시함과 동시에 보호해야 하는 골치 아픈 일을 떠맡게 되었다.

게다가 거기에는 다수의 부상자까지 섞여 있으니…….

이러니 뭉쳐 있기는 하되, 한결같이 마음 한구석이 불편하고 찜찜한 상황이었다.

어떻게 보면 마음이 편한 사람은 모든 이들을 '죽기 싫은 자'와 '죽고 싶은 자'로 구분하여 갈라놓은 진자강뿐인 것처럼 보이는 것이다.

잠시 백리중과 대치 중이던 남궁락은 헛웃음을 지었다.

"굉장하군. 독룡."

정의회와 일반 무인이 섞여 있던 두 개의 덩어리를 진자강이 순식간에 한 덩어리로 만들어 버렸다.

이것을 진자강이 아니면 누가 할 수 있는 일이겠는가.

그리고 이제 이 하나가 된 덩어리는 곧 저 능선에서 달려오는 자들을 상대하게 될 것이다.

정의회의 사람이든 아니든 진자강의 쪽으로 모인 자들은 불가피하게 능선에서 넘어오는 자들과 싸워야 한다. 어차피 능선에서 넘어오는 자들이 누가 누군지 일일이 확인하며 칼질하지는 않을 테니까.

살기 위해선 예전의 소속이 어쨌든 당장은 진자강의 편에서 싸워야 하는 것이다.

"독룡의 방식……."

남궁락은 중얼거렸다.

진자강이 어떤 생각으로 자신을 막지 않았는지 이해했다.

백리중과 자신을 따로 묶어서 떨어뜨려 놓고, 나머지를 한데 묶어 싸움의 구도를 최대한 단순하게 만들어 버렸다.

기가 막힌 구성이다.

그러나 거기엔 불편한 사실이 전제되어 있다.

진자강이 남궁락을 믿고 있지 않다는 점이다.

진자강이 저리 서두르는 이유는 남궁락을 믿지 않기 때

문이다. 남궁락이 백리중에게 당해선 안 된다고 하였으니, 남궁락이 질 거라 생각한 것일 터.

남궁락이 백리중에게 패배하기 전에 진자강 본인이 움직이기 편하도록 아예 판을 짜 둔 것이다.

"새까만 후배에게는 못 미덥게 보였고, 바로 아래의 후배에게는 우습게 보이고…… 내 꼴이…… 말이…… 아니로다……."

남궁락의 말이 점점 느려졌다.

다시금 싸움에 집중하기 시작한 것이다.

백리중도 호흡을 정돈하고 남궁락에 맞섰다.

"검왕. 와라."

천주인을 쥔 백리중의 손에도 힘이 들어갔다.

남궁락이 구름을 거닐 듯 가볍게 앞으로 나아가며 검을 들었다. 검 끝을 하늘로 들고 휘두르려는 자세 중인데, 이미 검파(劍波)는 백리중을 뒤덮었다.

백리중은 몸을 웅크리고 내공을 최대로 끌어 올렸다. 그의 몸에서 일곱 개의 둑이 맹렬하게 내공을 풀어냈다.

우르르릉, 으르릉!

백리중의 내부에서 뇌성벽력의 소리가 울려 퍼지며 전신의 털이 곤두서고 빽빽하게 핏줄이 돋아났다.

우르르르!

산사태처럼 뇌성벽력의 소리가 최고조로 오르더니, 여덟
번째 둑이 생겨났다. 막대한 내공이 겁살마신을 통해 백리
중의 우반신에 흘렀다.

백리중의 양쪽 눈이 각기 다른 빛으로 희번득였다.

천주인의 구풍멸악검으로 남궁락이 펼친 절대만검의 초
사검기(初射劍氣)를 뭉갰다. 초사검기는 남궁락이 기수식을
펼침에 따라 살기가 바늘처럼 날아드는 검기다.

초사검기를 뭉개고도 남은 기운으로 바닥에 깔리며 밀려
드는 침전기(沈澱氣)를 튕겨 냈다. 침전기는 남궁락이 기수
식에서 실제 초식을 펼치는 동작으로 넘어갈 때 막대한 내
공에 의해 자연적으로 흘러드는 기운이다. 상대의 몸을 옥
죄고 압박한다.

그리고 침전기의 뒤로 가느다란 바람결 같은 수십 개의
검기, 몸을 잘게 쪼개는 풍사기(風絲氣)가 따라왔다. 백리중
은 아직도 여력이 남은 천주인의 구풍멸악검으로 풍사기마
저 부숴 버렸다.

마지막으로 남궁락이 초식을 완전히 펼침과 동시에 이미
발현되는 절대만검의 고정검기(固定劍氣)는 맨손 좌장으로
받았다.

기혈이 울룩불룩 튀어나온 징그러운 손으로 백리중이 굉
가부곡장을 펼쳤다. 막대한 장력이 쏘아졌다.

꽈앙!

절대만검의 주력 검기인 고정검기가 굉가부곡장과 함께 부딪쳐 소멸했다.

백리중은 발을 굴러 뛰어올랐다.

공중에서 남궁락을 향해 재차 굉가부곡장을 쏘아 냈다. 막대한 내공을 쏟아붓고도 조금도 지치지 않고 또다시 굉가부곡장을 사용한 것이다.

남궁락의 몸을 보호하는 방호기가 굉가부곡장에 쓸려 나갔다. 남궁락이 느릿하게 검을 꺾어 허리 뒤로 숨기며 좌장을 뻗었다.

남궁가의 창룡장이 뿜어졌다.

백리중이 천주인을 세워 창룡장을 갈랐다.

콰아아아!

백리중의 앞에서 좌우로 갈라진 청룡장이 바닥에 파도가 쓸고 지나간 것처럼 흔적을 남기며 지나갔다. 백리중이 보법을 밟으며 남궁락의 좌측에서 쇄도했다. 남궁락의 무릎을 천주인으로 그어 절단하려 했다. 남궁락이 피하지 않고 몸을 돌려 백리중을 마주 보며 손에서 작하신검의 손잡이를 뱅그르르 돌렸다.

가벼운 검짓이었는데 거기에 백리중의 천주인이 걸리자, 백리중이 천주인과 함께 그대로 돌아갔다. 백리중은 몸이 옆으로 돌아가면서 거꾸로 선 상태가 되자, 거푸 발로 남궁락의 머리를 걸어찼다.

남궁락의 머리에서 펑펑 소리가 터졌다. 남궁락의 손바닥이 어느샌가 백리중의 발을 가로막고 있었다.

남궁락이 쭉 밀듯이 손가락으로 백리중의 가슴을 밀었다. 백리중이 허공에서 폭발하듯 뒤로 날려졌다. 하나 동시에 손을 튕겨서 천주인이 살아 있는 것처럼 남궁락의 팔을 헤집었다.

뒤로 날려진 백리중이 피를 뱉으며 벌떡 일어섰고 남궁락도 베여서 피가 흐르는 팔소매를 찢어 버렸다. 남궁락이 떨어진 천주인을 발로 차서 백리중에게 날렸다.

백리중이 천주인을 받으며 웃었다.

"여유 부리시나."

"네놈 같은 자를 상대로…… 지지 않는다."

*　　*　　*

능선으로 내려온 무인들의 모습이 확연히 보이기 시작했다.

"제갈가……!"

"종남파와 공동파도 있어!"

한데 모인 이들이 술렁거렸다. 거기에 인근의 중소 문파들을 모조리 불러 모은 듯했다.

화산파 제자들의 얼굴 표정이 일그러졌다.

이것은 정의회와 반정의회, 장강검문과 반장강검문의 싸움이다. 원래대로라면 자신들도 저쪽에 있어야 했다.

그런데 어쩌다가 일이 꼬여서 자신들이 여기에 있는 것이다.

"뭐가 이렇게 엉망이야……."

화산파 제자들은 떫은 감 씹은 표정으로 이를 물었다.

그리고 그 엉망이 된 일의 원흉은, 아마도 정의회 회주 백리중인 것이다.

모인 이들이 불안한 눈빛으로 진자강을 쳐다보았다.

"하라는 대로 했소이다!"

"자, 이제 어쩌면 되오!"

무인들이 진자강에게 물었다.

진자강이 강을 가리켰다.

"강을 따라 내려가십시오. 뒤는 내가 막습니다."

악록산은 높지 않다.

분명히 정의회가 산 전체를 포위하고 있겠지만 강을 따라 내려가면 산속에서 고립될 일은 없다. 게다가 뒤를 진자강이 막아 주면 강 쪽과 뒤쪽이 막히므로 앞만 뚫고 가면 된다.

진자강은 더 말을 끌지 않았다.

"영귀, 손비. 앞장서 주십시오."

영귀와 손비가 끄덕였다. 둘은 진자강을 믿고 강을 따라 내려가기 시작했다.

무인들 모두가 조용하게 무기를 쥐고 영귀와 손비를 따라갔다.

남궁원은 내려가기 전 진자강을 한 번 돌아보았다.

"할아버님을 부탁하네."

진자강이 끄덕여 답했다.

이제 능선을 넘은 정의회 무리들은 바로 지척까지 다가와 있었다.

진자강은 길게 호흡했다.

곁눈질로 백리중과 남궁락 쪽을 보았다. 둘은 생사의 결투를 벌이고 있다. 사방 오 장여로는 폐허가 되어 있다. 무지막지한 검기의 파편들이 튀며 모든 것을 베고 있다.

당분간은 진자강도, 정의회도 저 둘을 건드리기 어려울 터였다.

그렇다면 진자강에게 남은 것은.

능선을 넘어 눈앞으로 달려오는 정의회 무인들뿐이다.

제갈가와 종남파, 공동파 그리고 인근의 중소 문파 무인들.

"와아아아!"

"죽여라!"

"모조리 쫓아가 죽여!"

진자강은 눈을 감았다가 떴다.

그러곤 하늘로 양손을 뻗었다.

수라경이 근 십여 장의 범위를 뒤덮었다.

드드드드득!

진자강이 끌어 올린 내공으로 주변의 흙더미들이 진동하기 시작했다.

달아난 이들의 뒤를 막기 위해서 진자강은 스스로가 벽이 되기로 결정했다.

독의 장벽.

수라경이 한껏 튕겨 춤을 추었다.

수라멸세혼!

第二章

비(非) 난전

정의회 무인들은 달려오던 그대로 수라경에 걸렸다.

날카로운 수라경이 휘몰아치며 공간을 통째로 난도질했다.

무인들이 거미줄에 걸린 나방처럼 버둥거렸다.

얼굴에, 몸에, 팔다리에…… 혈선이 그어졌다.

혈선에서 새어 나온 피가 고름이 되어 흘렀다. 고름이 몸을 녹이며 흘러내렸다. 이미 잘려 있던 몸이 더는 붙어 있지 못하고 수십 조각으로 나뉘어 굴러떨어졌다. 들고 있던 도검도 날카롭게 잘려 뚝뚝 떨어졌다.

순식간에 이십여 명의 형체가, 사람이 갖고 있던 본래의 형체를 잃고 무너졌다.

그리고 그들이 서 있던 자리에 피와 고름의 덩어리가 생겨났다.

"으, 으아악!"

뒤따라오던 정의회 무인들이 놀라서 급히 걸음을 멈췄다. 진자강은 사정 보지 않고 한 번 더 수라경을 튕겼다.

채찍처럼 날아다니던 수라경이 일직선으로 쭉 뻗어서 더긴 거리를 날아갔다. 수라경의 끝에 찍히고 관통된 정의회 무인들은 처음엔 그저 따끔한 정도만 느꼈을 뿐이지만, 곧 찍힌 부위가 먹먹해지면서 지독한 통증을 느꼈다. 독이 들어와 피를 타고 돌면서 내장이 고름으로 들어찼다.

"으아아아악!"

진자강이 팔을 당겨 수라경을 회수했을 때, 진자강의 앞에는 서 있는 자가 없었다. 독에 당해 바닥에서 버둥거리면서 녹아내리는 자들과 그들이 떨어뜨린 병장기만 놓였을 뿐이었다.

"도, 독룡이다!"

독과 수라경을 쓰는 진자강을 상대로 어중간한 실력의 무인들은 도움이 되지 않는다.

진자강이 수라경 한 줄을 힘껏 휘둘렀다.

쫘악!

정의회 무인들의 앞에 긴 선이 그어졌다.

진자강이 차가운 목소리로 말했다.

"나는 그대들과 원한이 없으나, 선을 넘어오면 원한을 갖겠다는 것으로 간주하겠습니다."

사선(死線).

죽음의 선이 그어진 것이다.

진자강의 말끝에 살기가 섞여서 정의회 무인들이 흠칫 몸을 떨었다. 진자강의 앞에 수백 명이 있고, 좌우의 능선을 타고 내려오는 자들이 또 수백이다.

그런데 진자강이 그은 선을 함부로 넘어가지 못하고 있었다. 그 앞에는 보란 듯 부글거리며 끓고 있는 독액의 웅덩이들이 만들어져 있었던 것이다.

"비켜라!"

고수들 다섯 명이 일반 무인들의 머리를 뛰어넘어 선 앞에 섰다.

가장 앞에는 가슴까지 내려오는 긴 수염을 휘날리는 제갈가의 고수가 있었다.

제갈가의 최고수이자 가주인 제갈문.

"나는 네게 원한이 있으니 사선을 상관치 않아도 되겠구나. 아니 그러한가!"

제갈연을 비롯, 제갈명, 제갈손기 그리고 다수의 일급 무사들까지. 심지어 절진이라 불리던 구궁팔괘진까지 파훼됨으로써 제갈가는 강호에서 입지가 크게 좁아졌다.

진자강이 가문의 철천지원수나 다름없는 것이다!

"노부의 복수를 인정하겠느냐!"

진자강이 고개를 살짝 아래로 내려 표했다.

"인정합니다."

제갈문은 기다렸다는 듯 사선을 넘었다. 앞에 독액이 끓는 웅덩이들을 조심히 피해 걸으며 내공을 크게 끌어 올려 호신기공을 둘렀다.

그러곤 양쪽 소매에 손을 넣었다가 뺐다. 들어갈 때에는 맨손이었는데 나올 때에는 검은색 장갑이 끼워져 있었다.

제갈문의 별호는 삼라신수(森羅神手).

장법의 고수다.

제갈문의 뒤로는 제갈문과 같은 나이의 가신 무인 둘이 더 있었다. 어렸을 때부터 제갈문을 수행해 온 제갈문의 그림자다. 제갈문을 위해서라면 목숨도 내던질 수 있다.

게다가 한 명은 창을, 한 명은 도를 들었다. 제갈문의 약점인 거리를 그 둘이 보완하게 될 터였다.

뿐만 아니라, 또 제갈가의 세 사람을 종남파의 고수 둘이 따랐다.

종남파의 두 고수, 좌박검(左駁劍)과 우상검(右霜劍)이다.

좌박검은 좌수검을 쓰는데 왼쪽 눈두덩에 검은 반점이 있고 우상검은 우수검을 쓰는데 오른쪽 머리카락만 하얗다.

일명 종남쌍검으로 불리는 형제 고수다.

종남쌍검이 진자강을 향해 살기를 드러내며 소리쳤다.

"우리 종남의 사람을 죽였으니 우리 또한 네게 원한이 있도다! 너는 강호의 공적으로서 마땅히 죽어야 한다. 그러니 우리의 합세를 비겁하다 하지 말 것이다!"

이미 진자강은 벽력대제와 마제를 죽인 초고수다. 제갈문이 제갈가의 초고수라 해도 종남파와 따로따로 덤비면 이길 수 없다.

한데 진자강이 갑자기 물었다.

"내가 죽였다는 사람이 누굽니까."

"인자협 불기!"

진자강이 대답했다.

"싸운 적이 있지만 죽인 건 내가 아닙니다."

"뭐?"

"불기 선생의 마지막은 범몽 대사의 백보신권이었습니다."

종남쌍검이 움찔하며 서로의 눈치를 보다가 소리쳤다.

"본 파의 제자인 표상국이도 네가 죽인 것이 아니냐!"

"맞습니다. 그리고 은원을 따지자면⋯⋯."

진자강이 말했다.

"일전에 소림사에 당한 종남파 분들의 시신을 수습해 드린 적이 있습니다만."

종남쌍검은 주춤했다. 시신이 들짐승의 밥이 되지 않게 수습하여 주는 것은 은혜 중에서도 아주 커다란 은혜다.

둘은 입을 다물었다. 진자강의 말이 사실이라 할 말이 없었다.

그러나 물러설 수는 없다. 그러면 자신들의 꼴은 더욱 우스워진다.

때문에 진자강을 향한 살기는 줄지 않았다.

진자강이 싸늘하게 웃었다.

"할 말 없으면 그냥 입 닥치고 덤비십시오. 없는 명분 찾다가 망신당하지 말고."

"네 이놈! 오만이 하늘을 찌르는구나!"

삼라신수 제갈문이 종남파의 두 고수에게 조언했다.

"종남쌍검. 놈의 간계에 넘어가지 말고 준비하시게. 이 자리에까지 와서 명분을 찾으면 무엇하겠는가."

"흥."

종남쌍검은 모멸감에 이를 깨물고 각기 왼손과 오른손에 검을 쥐었다.

제갈문이 장갑의 주먹을 쥐었다 폈다 하며 손을 풀었다.

"놈의 머리가 비상하여 자칫 시간을 끌면 저열한 수작에 당할 수 있으니, 초반에 승부를 봐야 할 걸세."

"알겠소이다."

종남쌍검이 제갈문을 따라 사선을 넘었다.

제갈문이 좌우로 눈짓했다. 가신 무사 둘이 먼저 진자강에게 달려들었다.

창수가 찌른 창이 세 갈래로 갈라져 진자강의 미간과 가슴, 복부를 노렸다.

진자강이 양손을 뻗어 수라경을 날리고 발경을 심었다. 수라경이 폭발하듯 크게 휘몰이 하여 다가오는 창수와 도수를 덮쳤다.

창수가 창을 휘저어 수라경을 감고, 도수도 도기를 내어 수라경을 쳐 내었다.

까앙! 까아앙!

창수의 창과 도수의 칼이 크게 진동했다.

그으으으응!

도수는 양손으로 칼을 잡고 버렸다. 손아귀가 찢어져 피가 튀었다. 그러나 수라경은 도를 절단 내지 못했다. 가주를 수행하는 가신 무사들의 실력은 제갈가의 상위급 고수 수준이며, 들고 있는 병기도 평범한 것이 아니다.

수라경의 나머지가 아직도 흔들리며 창수와 도수를 공격했다.

제갈문이 도수의 뒤를 받쳤다. 제갈문이 쌍장을 뻗어 수라경의 실을 손바닥으로 받았다.

터턱!

수라경에 실린 내공이 제갈문의 장갑에서 흡수되며 급격하게 힘을 잃었다.

종남쌍검이 좌우로 갈라졌다.

부우욱! 종남쌍검의 검 끝에서 별 무리가 어렸다. 종남쌍검이 나머지 수라경을 쳐 냈다. 수라경은 잘리지 않고 튕겨 나갔다.

진자강은 바로 수라경을 회수했다. 종남쌍검이 좌우에서 검강을 휘둘렀다.

진자강이 팽이처럼 핑그르르 몸을 돌리며 허리를 뉘었다. 코앞으로 좌박검이 내지른 검강의 줄기가 지나가며 타는 냄새가 풍겼다. 목 뒤로 지나가는 검강은 우상검이 휘두른 것으로, 진자강의 머리카락을 뭉텅이로 썩둑 잘라 내고 스쳐 갔다.

진자강이 바로 다리를 찢어 몸을 낮추면서 손목을 튕겼다. 천지발패로 손가락 사이에서 독침이 튀어나오며 동시에 날아갔다.

종남쌍검은 검강의 위력을 높여 별 무리를 더욱 진하게 만들곤 독침과 함께 진자강을 베어 버렸다. 무식할 정도로 짓든 내공이 날아드는 독침과 독 자체를 녹였다. 진자강은 바닥을 장으로 쳐서 몸을 세로로 띄워 검강을 피했다.

몸이 옆으로 기운 상태에서 양발을 잔뜩 당겼다가 힘껏 펴서 걷어찼다. 종남쌍검은 검강이 빗나가고 진자강의 발이 날아오자 몸을 뒤로 살짝 기울였다가 앞으로 돌진했다. 둘이 양쪽에서 어깨로 진자강을 들이받았다. 진자강은 배와 등에 끼인 것처럼 종남쌍검의 어깨에 받혔다.

퍼억! 등골이 으스러지는 듯한 통증과 함께 창자가 밀려 터질 것처럼 소리를 냈다. 종남쌍검이 위아래에서 검강을 휘둘러 진자강을 세 등분하려 했다. 진자강은 이를 악물고 손뼉을 쳤다가, 좌우로 양손을 뻗어 종남쌍검의 머리를 짚었다.

작열쌍린장!

화르르! 종남쌍검의 머리에 불이 붙었다.

"헛!"

"어어?"

종남쌍검이 머리카락에 붙은 불을 끄느라 당황하는 사이 진자강은 둘을 발로 밀면서 뒤로 굴렀다. 일어나자마자 바닥에 창이 날아와 찍혔다.

푹, 푸푹. 진자강은 바닥을 계속 구르며 창을 피했다. 여러 번 진자강을 몰아붙이던 창의 끝이 부자연스럽게 휘어서 삐딱한 원을 그리더니 진자강의 뒤쪽으로 날아가 박혀 길을 막았다. 땅에 박힌 창대가 진자강의 옆구리에 걸렸다.

턱.

진자강이 구르다가 멈춘 순간, 위에서 제갈가의 도수가 도를 내려찍었다.

"죽어라!"

진자강은 떨어지는 도의 도면을 좌우에서 발경을 담은 손가락으로 꽉 눌렀다.

출렁!

발경이 일으킨 진동이 위로 올라갔다. 수라경에 발경을 심은 것과 같은 이치였다.

도신이 좌우로 크게 출렁이면서 도수의 손까지 진동이 타고 올라갔다.

꽈드득!

손가락이 비틀리고 손목이 어긋났다. 뚝 하고 팔꿈치 뼈가 빠졌고, 어깨가 탈구되어 뼈가 살갗을 밀며 튀어나왔다.

"으아악!"

도수가 엉망이 된 팔로 밀려났다. 진자강은 팔꿈치로 바닥을 쳐서 몸을 일으키며 밀려나는 도수를 따라 뛰었다. 도수의 턱을 걷어차서 으스러뜨리려 했다. 창수가 급한 김에 창대로 진자강의 어깨를 후려쳤다.

진자강은 어깨를 얻어맞고 비틀거리면서도 도수를 향해 독침을 던졌다. 도수의 미간에 독침 한 자루가 박혔다. 도수의 부릅뜬 눈에 점점 벌건 물이 번지기 시작했다.

후우욱!

진자강의 옆이 어두워졌다.

제갈문이 날린 손바닥의 그림자가 진자강의 옆면을 가득 메웠다.

진자강은 작열쌍린장의 내공으로 장영(掌影)을 맞받았다.

퍼퍼퍽……. 퍽…….

제갈문의 장법은 특이한 데가 있어서 손을 맞댈 때마다 내공이 힘을 잃었다. 작열쌍린장이 힘을 못 쓰고 부딪친 장영과 함께 사라졌다.

"……!"

제갈문이 빠르게 팔을 휘둘러 수십 개의 장영을 기존 장영 위에 덧붙였다. 그리고 한 모금의 진기를 더해 거기에 또 한 번의 장영을 덧씌웠다.

구우우웅!

진자강은 수백 개의 장영이 누르는 무게에 짓눌렸다.

어깨 위에 만근의 거석이 얹힌 듯하였다.

진자강이 천지발패로 장침을 뽑아 손가락 사이에 삐죽이 세웠다. 장침을 제갈문의 장영에 찔렀다.

그러나 장침은 제갈문이 착용한 장갑을 뚫지 못했다. 장영에 실린 내공에 장침이 휘어져 버렸다.

턱!

결국 진자강은 수없이 쏟아지는 장영에 눌려 무릎을 꿇었다. 제갈문의 팔은 여전히 보이지도 않을 정도로 장영을 만들어 내었다.

제갈문이 진자강을 내려다보며 계속해서 맹렬하게 장을 쳐 댔다.

"죽어라, 독룡!"

퍽! 퍼억, 퍽!

장영 자체의 위력은 강하지 않았다. 그러나 맞을 때마다 맞은 부위의 내공이 산란됐다.

단련된 고수의 손은 돌덩이나 다름없다. 내공을 담지 않아도 일반인이 맞으면 뼈가 부서지고 살이 터진다.

일전에 야율환과 싸우다 부서져 버린 천년귀갑이 아쉬운 상황이었다. 진자강의 몸에 순식간에 피멍들이 생겼다. 내공이 산란되어 반탄력도 일지 않았다.

옷이 걸레짝처럼 헤져 찢기고, 살이 밀리면서 살갗도 찢어져 피가 샜다.

진자강의 전신은 순식간에 피로 물들었다.

제갈문이 진자강의 머리를 누르면서 발따귀로 관자놀이를 걷어찼다.

뻐억. 진자강의 머리가 돌아갔다.

진자강은 휘청거리면서도 반격을 준비했다. 제갈문이 낌새를 눈치채고 다시 장으로 진자강의 어깨를 후려쳤다. 양어깨에서 힘이 쭉 빠졌다. 진자강은 장영의 압박에 양쪽 무릎을 모두 꿇었다.

퍼퍼퍽, 퍽 퍽!

진자강은 완전히 장영에 덮여 옴짝달싹하지 못하게 되었다.

진자강이 이를 드러내며 살기를 뿜었다. 휘어진 장침을 잡고 앞으로 엎어지며 제갈문의 발등을 찍었다.

제갈문이 침을 피해 공중으로 떠오르며 더욱 강하게 수십 개의 장영을 더했다.

펑! 퍼퍼펑!

진자강은 양팔을 들어 장영을 막으면서 고개를 들어 제갈문을 쳐다보았다.

장영 사이로 제갈문과 진자강의 눈이 마주쳤다.

야수처럼 불타오르는 눈.

섬뜩!

제갈문은 위험을 직감했다. 머리가 위험을 인식하기 전에 몸이 반응했다.

제갈문은 진자강의 머리에 손바닥 아래의 단단한 부분으로 일장을 먹인 후, 급히 뒤로 물러났다.

빡! 진자강의 머리가 장에 맞고 깨져 피가 흘렀다.

진자강은 아랑곳 않고 양손을 맞잡은 채 전력을 다해 힘을 주었다.

옥허구광 오뢰합마공 팔광제.

저수마신의 거!

끄아아아아!

진자강의 내부에서 겁살마신이 용틀임을 했다.

내공이 폭주한다 싶을 만큼 빠르게 전신을 돌았다.

이글이글, 진자강의 양손이 벌겋게 달아올랐다. 진자강의 체내에서부터 일어난 피가 찢긴 부위를 통해 분출되었다.

흘러나온 수라혈이 기화해 독무를 일으켰다.

화아악!

진자강은 천천히 몸을 일으켰다.

후욱, 후욱.

진자강이 숨을 쉴 때마다 시뻘건 독무의 덩어리가 살아 있는 것처럼 진자강의 주위를 맴돌았다.

제갈문의 눈이 찌푸려졌다.

"이런……."

한눈에 독무의 위험성을 알아볼 수 있었다.

종남쌍검도 위협을 느꼈다.

"허어, 혈독에 독무라니."

"이거 괴물이잖아."

종남쌍검은 내공을 최소로 조절해 강기로 빠져나가는 내공의 양을 줄였다.

좌박검이 제갈문에게 물었다.

"우리 내공이 점점 고갈되고 있소이다? 그쪽도 벌써 하나가 죽었고. 어쩔 셈이오?"

제갈문이 진자강을 노려보았다.

진자강이 고개를 좌우로 움직여 목을 풀고 있었다.

우둑 우둑.

제갈문은 손을 뻗어서 진자강의 뒤를 가리켰다.

제갈문이 뒤에서 멈춰선 채 기다리고 있는 수백 명의 정의회 무인들에게 말했다.

"그대들은 달아난 자들을 쫓으시게."

어차피 악록산은 포위되어 있다. 앞에서 달아난 이들도 포위망을 뚫어야 할 것이다. 그사이 뒤에서 덮치면 더 큰 피해를 줄 수 있다.

하나 정의회 무인들은 섣불리 나서지 못했다. 그들의 눈이 자신들의 발 앞에 그어진 선을 향했다. 선을 넘으면 죽는다고 진자강이 말하지 않았는가.

게다가 정작 명령을 내려야 할 정의회주 백리중은 남궁락과 싸우느라 여념이 없다.

제갈문이 제갈가에서 온 무인들에게 엄히 명했다.

"너희들이 먼저 앞서라! 달아난 자들을 추살하라!"

제갈가의 무인들이 얼굴을 굳힌 채 사선을 넘었다.

진자강이 손을 뻗었다.

진자강이 뿜어낸 독장이 가장 먼저 넘어온 제갈가 무인에게 날아갔다. 제갈가 무인이 칼을 휘둘러 독장을 날리려 했으나, 독장은 물처럼 칼을 스쳐 무인에게 적중했다.

펑!

독장이 터지며 피 안개가 피어났다. 무인이 피 안개 속에서 고통스러워하며 비명을 질렀다.

제갈문이 노해 소리 질렀다.

"뭣들 하느냐! 모두 전진하라!"

제갈가 무인들이 함성을 지르며 한꺼번에 사선을 넘었다. 다른 정의회 무인들도 함께 뛰었다.

진자강이 연신 독장을 쏘아 냈다. 독장은 빗나가도 사라지지 않고 그 자리에서 맴돌며 독기를 뿌려 댔다.

독이 얼마나 지독한지 직접 맞지 않더라도 눈 등의 점막에 닿거나 흡입하면 피해가 있었다.

"으아아악!"

독무를 지나가다가 버티지 못한 자들이 눈과 코를 감싸 쥐고 바닥을 굴렀다. 독수가 고인 독 웅덩이에 빠지거나 미끄러져 처박히는 이들도 생겼다.

진자강은 연신 수라혈을 이용한 독장을 쏘아 내고 있었다. 아지랑이처럼 곳곳에서 혈무가 피고 있었다.

그들이 계속해서 당하도록 내버려 두지 않았다. 제갈문이 창수를 데리고 진자강에게 쇄도했다. 정의회 무인들이 사선을 넘도록 한 건, 애초에 진자강이 집중하지 못하도록 방해하기 위해서였다.

진자강은 제갈문과 창수에게 독장을 날렸다.

제갈문이 전면에 수십 개의 장영을 뿌렸다.

풍배수(風排手)!

풍배수의 장영들은 강력한 내공을 품진 않았지만 바람처럼 밀어내는 성질을 가졌다. 진자강의 독장에 실린 독이 썰

물처럼 부드럽게 밀려났다.

앞을 가로막던 독이 사라지자 창수가 달려들어 쾌속하게 창을 찔러 넣었다. 그사이에 진자강의 좌우로 정의회 무인들이 마구 뛰어 지나가고 있었다.

진자강은 아주 살짝 허리를 틀어 창을 비껴 내고 양팔을 좌우로 뻗어 정의회 무인들을 공격했다. 독장이 양쪽으로 뻗어 나가 독무를 퍼뜨렸다.

"으아아!"

정의회 무인들이 독장을 맞고 독무 속에서 나뒹굴었다.

제갈문이 창수의 뒤에서 뛰어올라 장영을 퍼부었다. 장영에 이전까지와는 다른 기운이 어렸다.

천지압살(天地壓殺)!

비스듬한 좌우에서 종남쌍검이 달려들었다. 각기 좌수검과 우수검이라 양면 협공에 유리한 상황이었다. 제갈문의 천지압살이 진자강의 정수리를 무수히 짓누르고, 좌박검이 진자강의 다리를 베었다. 우상검이 진자강의 어깨를 베었다. 창수가 창을 회수했다가 뒤늦게 진자강의 목을 찔렀다.

퍼억!

제갈문의 장영이 맨바닥을 파고 들어갔다.

"음?"

좌박검과 우상검의 검은 서로 부딪칠 뻔했다. 창수의 창은 너무 늦게 허공을 찔렀다. 진자강이 남긴 잔상을 꿰뚫었을 뿐이다.

역잔영 혼신법! 진자강의 잔상이 쭉 이어져 공중으로 뛰어오른 제갈문의 머리 위에서 나타났다. 진자강의 잔상이 제갈문의 머리를 짚고 있었다.

제갈문이 대경하여 급히 천지압살을 거두고 위로 장영을 뿌렸다.

창수도 몸을 돌려 누우며 위로 창대를 후려쳐 제갈문을 도왔다.

좌박검이 제갈문을 보며 소리쳤다.

"뒤!"

제갈문은 등골이 오싹해져 소름이 돋았다. 좌박검이 소리치기도 전에 이미 목덜미에서 뜨거운 숨결을 느끼고 있었다.

"이놈이!"

이미 양손을 하늘로 치켜든 차에 등 뒤에서 나타나니 아무것도 할 수가 없지 않은가!

이제 와 팔꿈치로 뒤를 친대도 늦는다. 옆구리에 손가락이 와 닿았다. 나비가 가볍게 앉은 것처럼 툭 건드린 모양새였다.

제갈문은 모든 내공을 호신강기에 부어 옆구리로 이동시키고 몸을 틀었다.

촌경!

손가락의 한 점으로 진자강의 내공이 물밀 듯이 밀려 들어왔다.

꽝!

제갈문의 내부에서 벽력탄이 터진 것처럼 폭발이 일었다. 늑골이 부러지고 내장이 쏠렸으며 옆구리가 푹 패었다.

제갈문은 피를 뿜으며 튕겨 나갔다. 한순간에 한쪽 눈이 피로 들어찬 걸 보면 심각한 내상을 입었음이 틀림없었다. 그러나 혼신의 힘을 다해 내부를 막은 덕에 절명은 막았다.

창수가 창대로 허공에 떠 있는 진자강의 다리를 걸었다. 진자강이 창대를 다리 사이에 끼고 비틀어 창대를 부러뜨렸다.

우직! 부러진 창대를 발끝으로 돌려서 창날을 아래로 하고 발로 차 눌렀다. 창수의 쇄골에 박힌 창이 허리까지 뚫고 나왔다.

좌박검과 우상검이 진자강을 공격했다. 진자강은 창수의 머리를 밟고 뛰어올랐다. 창수는 목이 부러져 죽었다. 끝까지 죽음을 확인하는 진자강의 철저함에 종남쌍검은 혀를 내둘렀다. 게다가 뛴 방향이 제갈문 쪽이었다.

"어딜 달아나느냐!"

제갈문은 푹 들어간 옆구리를 잡고 몸을 일으켰다. 한 손으로 장영을 뿌려 방어 초식을 펼쳤다.

아까보다 훨씬 적은 수의 장영이 진자강을 가로막았다.

그러나 진자강은 제갈문의 장영을 상대하지 않고 훌쩍 넘어가 버렸다. 제갈문을 넘어가 지나치고 있는 정의회 무인들을 공격했다. 독침을 던지고 독장을 쏘았다.

"으아악!"

정의회 무인들이 나뒹굴었다.

제갈문은 진자강이 상대하지 않고 지나치자 허탈해졌다. 억지로 내공을 끌어 올린 탓에 초식을 사용하다가 내상이 더 깊어졌다. 왈칵왈칵 코와 입에서 핏물이 계속 흘러나왔다. 그 순간에 진자강이 돌아서서 뛰어왔다.

제갈문은 호흡을 가다듬을 틈도 없이 다시금 내공을 끌어 올려야 했다. 내공이 끊길 듯 말 듯 겨우 이어졌다. 때문에 그가 내민 장영은 힘이 없었다. 진자강이 제갈문의 장영을 몸으로 받으며 밀고 들어갔다. 제갈문이 이를 악물고 장을 날렸다.

퍼퍼펑! 펑!

진자강이 맞으면서 몸을 떨 때마다 피가 새었다. 수라혈이 독무가 되어 퍼졌다. 진자강을 때릴 때마다 독무가 생겨 제갈문에게로 튀었다.

제갈문의 얼굴에, 코에 독이 튀어 독기가 어른거렸다. 제갈문은 이러다가는 자신이 먼저 죽는다는 걸 깨달았다. 옆구리에서 손을 떼고 고함을 지르며 일격에 끝내겠다는 생각으로 쌍장을 뻗었다.

천지압살! 제갈문의 쌍장이 진자강의 가슴을 때렸다.

그와 동시에 진자강이 양팔로 손뼉을 치듯이 제갈문의 머리통 좌우를 쳤다.

포룡박.

푸욱, 진자강의 십지(十指)가 제갈문의 머리통에 박혔다.

제갈문이 부르르 몸을 떨었다.

손가락 끝의 독기가 제갈문의 머리로 흘러 들어갔다.

제갈문은 머리를 찍힌 채 크게 치켜뜬 눈으로 진자강을 쳐다보았다.

"너…… 이놈……."

뭐가 이렇게 강한가.

제갈문은 믿을 수가 없다는 표정이었다.

생각보다도 더 강했다.

방금의 쌍장은 분명히 들어갔다. 진자강의 가슴팍 옷이 찢겨 나가고 시커먼 손자국이 남았다. 내상도 입었을 것이다.

그러나 진자강은 작은 내상과 제갈문의 목숨을 교환하는

쪽을 택했다. 제갈문이 호흡을 고르고 몸을 추스르기 전에.

실로 대단한 결단력이었다. 그것이 진자강의 무공 실력을 한층 배가시켰다.

그러니까 북천의 가무루와 마제 야율환을 죽일 수 있었겠지만.

심지어 정의회 무인들을 지나가게 해 달아난 자들의 뒤를 치며 진자강의 집중력을 흩트리게 하는 것도 실패했다. 아직까지 진자강의 뒤를 지나간 자가 한 명도 없었다.

제갈문의 얼굴이 싯누렇게 되었다. 눈과 코, 입, 귀의 칠공에서 피고름이 흘러내리기 시작했다.

"네 이놈! 그 손을 놓거라!"

종남쌍검이 달려들자, 진자강은 손가락을 박은 채 제갈문의 머리를 이리저리 흔들었다. 종남쌍검이 검을 휘두르면 제갈문이 먼저 베이게 된다.

"으윽!"

"이 잔인한 놈이!"

차마 제갈가의 가주인 제갈문을 벨 수 없으니 종남쌍검은 검을 뻗지 못했다.

하나둘.

제갈문의 얼굴과 목에서부터 적멸화가 피어나고 있었다.

제갈문은 어차피 살 수 없음을 깨달았다.

그가 고름이 들어찬 목소리로 소리쳤다.

"나를…… 베시게!"

종남쌍검의 검강에서는 이미 아지랑이가 피어오르고 있었다.

노화순청.

벌써 내공을 반이나 소모한 상태다.

종남쌍검은 제갈문의 각오를 보고 서로 눈짓을 교환하며 달려들었다.

진자강이 몸을 빼려 하자, 제갈문은 진자강의 손목을 덥석 잡았다. 팔목을 으스러뜨릴 듯한 악력으로 붙들어 진자강이 달아나지 못하게 했다.

이미 눈이 멀어 눈구멍에서 피고름을 흘리고 있던 제갈문이 이를 갈았다.

"어딜…… 도망가려고."

제갈문이 마지막 남은 힘을 다해 천근추의 수법으로 발을 땅에 박았다.

콰악! 제갈문의 양발이 정강이까지 땅에 박혔다.

죽어 가는 제갈문의 입가에 살기 어린 미소가 어렸다.

종남쌍검은 강기를 쓸 줄 아는 고수다. 일단 강기를 뿜어내면 방어가 필요하지 않아 후퇴가 없다. 공세가 더욱 빠르고 강해진다. 이 정도만 붙들어 놓고 있어도 진자강은 종남쌍검의 공격을 절대로 피하지 못할 것이다!

종남쌍검은 제갈문과 함께 진자강을 단번에 갈라 버릴 기세로 검을 휘둘렀다.

진자강의 눈빛이 바뀌었다.

제갈문은 진자강이 뭔가 행동하려 한다는 걸 느끼고 고함을 지르며 더욱 진자강의 손목을 힘 있게 붙들었다.

"소용없다! 나와 같이 죽는 거다―!"

진자강의 손에 피가 통하지 않아 허옇게 질려 갔다. 진자강은 크게 숨을 들이쉬며 양팔에 내공을 집중했다.

"크아아아아!"

제갈문이 악다구니를 쓰며 끝까지 진자강을 붙들었다.

좌박검의 검강이 제갈문의 옆구리를 베고 들어왔다. 우상검의 검강이 제갈문의 반대쪽 허리로 날아왔다. 검강이 최대의 빛을 발하며 길어졌다. 그대로 밀어 버리면 진자강은 제갈문과 함께 세 조각으로 나뉘게 될 것이다.

진자강의 턱에 힘줄이 돋아났다. 머리칼이 곤두섰다. 양어깨에서부터 핏줄이 도드라지게 튀어나오며 팔뚝을 타고 제갈문이 잡고 있는 팔목까지 내려갔다.

제갈문의 손을 뿌리칠 수는 없었다. 그러나 애초에 뿌리칠 생각도 없었다. 오히려 더 힘을 주어 제갈문의 머리를 쥐어 눌렀다.

"크아아아!"

고함인지 비명인지 모를 목소리로 제갈문이 소리를 질렀다. 제갈문의 머리에서 뻐직뻐직 소리가 났다.

"크아아! 크아아아!"

제갈문의 머리가 짓눌리며 마구 떨렸다.

진자강의 눈이 완전히 둥그렇게 떠졌다.

뻐 억!

피고름과 뇌수가 터지며 좌박검과 우상검에게 쏟아졌다. 동시에 둘의 검강이 제갈문의 몸뚱이를 쓸고 지나갔다. 머리가 없는 제갈문의 상체와 허리, 하체가 따로 놀았다.

제아무리 고수라도 독이 섞인 피고름 속에서 멀쩡히 눈을 뜰 순 없었다.

"허억!"

"큭!"

좌박검과 우상검이 쏟아지는 피고름을 피해 한쪽 눈을 감고 반대로 고개를 돌렸다.

쓰욱!

피고름의 파편 사이로 진자강이 튀어나와 종남쌍검의 얼굴을 쌍장으로 후려쳤다.

퍼펑!

종남쌍검이 비틀거리다가 굳은 듯 멈춰 섰다.

"으윽!"

종남쌍검은 믿기 어렵다는 듯한 표정으로 진자강을 곁눈질했다. 둘의 관자놀이에 침 한 자루씩이 박혀 있었다. 침이 박힌 쪽 눈은 뜨지도 못했다.

종남쌍검이 떨리는 손으로 침을 뽑았다. 침이 뽑힌 자리가 부풀어 오르며 구멍에 고름이 맺히기 시작했다. 침이 박힌 부위에서부터 적멸화의 꽃잎이 생겨나며 번져 갔다.

반대쪽 눈으로 서로의 모습을 볼 수 있었기에 종남쌍검은 자신들에게 무슨 일이 생겼는지 잘 알았다.

진자강이 서늘한 눈으로 둘을 바라보며 앞으로 걸어 나왔다.

종남쌍검이 주춤거리면서 뒷걸음질을 쳤다.

검강을 뽑아낸 자가…… 물러나고 있다!

쉬이이, 쉬이!

종남쌍검의 검강에서 피어오르는 아지랑이가 심해지며 검강의 빛이 급속히 줄어들었다.

종남쌍검은 물러나기를 멈추고 이를 악물었다.

머리로 수라혈이 들어오고, 죽음의 꽃이라는 적멸화가 피기 시작했으니 살기는 글렀다.

종남쌍검은 한쪽 눈을 여전히 뜨지 못하면서 외눈으로 눈빛을 교환했다. 그러곤 고개를 돌려 진자강을 노려보았다. 진자강은 서슴없이 계속해서 다가온다.

마치 사신처럼.

강호에서는 생사의 갈림이 한순간이라는데 어째서 독룡은 계속해서 생의 길로 가고 자신들은 사의 길로 가는가.

으드득.

이를 악문 종남쌍검이 평생의 내공을 끌어 올렸다. 꺼져 가던 검강이 최후의 회광반조(回光返照)로 환한 빛을 내었다.

"강하구나, 독룡."

"그러나 너도 이것만큼은 벗어날 수 없을 거다. 같이 지옥으로 가자."

종남쌍검은 검을 곧추세우고 그륵거리는 목으로 심호흡을 한 뒤, 몸을 뒤로 살짝 누이며 발을 뺐다.

한순간에 발을 차고 앞으로 튀어 나가 궁신탄영으로 동귀어진의 수를 펼칠 생각이다.

그런데 종남쌍검이 뒤로 살짝 허리를 젖힌 순간, 진자강이 먼저 양팔을 뻗었다.

윽!

허를 찔린 종남쌍검이 뒤늦게 발을 박차고 앞으로 튀어

나갔다.

"죽어라!"

하지만 진자강의 손에서 뻗어진 수라경이 더 빨랐다.

수라멸세혼! 수라경이 마구 휘몰아쳤다. 수라경이 종남쌍검의 검강과 연신 부딪쳤다. 불꽃이 튀고 연기가 피어 아무것도 보이지 않을 정도로 자욱해졌다.

종남쌍검의 검강이 깎여 나가며 사그라들다가 한순간에 빛이 꺼졌다.

검강이 사라진 종남쌍검의 칼이 수라경에 토막토막 잘려 나갔다. 검이 사라진 종남쌍검은 무수히 베어지는 수라경에 맨몸을 맡긴 셈이 되었다.

수라경의 그물에 걸린 종남쌍검의 몸이 크게 떨렸다. 눈 깜짝할 사이에 피가 폭발해 사방으로 터져 나갔다.

자욱한 피 보라가…… 피 안개가 생겨났다.

둘의 형체는 흔적도 없어졌다.

진자강만이 자리에 서 있었다.

진자강이 독무를 감고 정의회 무인들을 쳐다보았다.

"……."

"……."

아직 사선을 넘지 못한 정의회 무인들은 몸이 굳었다.

절룩!

진자강이 한 걸음을 내딛자 정의회 무인들은 기겁하며 네 걸음을 물러섰다.

후다다닥!

정의회 무인들은 마른침을 삼켰다. 자신들은 여전히 수백 명이지만, 산 아래에도 인원이 더 있지만, 그렇다고 진자강을 막을 수 있을지 알 수 없었다.

"놈도 다쳤다……. 피해를 입었어."

무인들 중간에서 누군가 말했다.

그 말처럼 진자강도 여러 곳을 맞아 멀쩡하진 않았다.

투툭.

진자강의 몸에서 튀어나온 수라혈이 바닥에 떨어지고 일부는 기화하여 독무가 되고 있었다.

숨도 거칠다.

진자강이 소리가 난 쪽으로 눈길을 보냈다.

한 명이 소리쳤다.

"두려워하지 마라! 놈은 지금 허세를 부리고 있는 거야! 우리가 한꺼번에 덤비면 놈도 죽는다!"

진자강은 바닥에 떨어져 있던 검의 파편을 발로 차서 띄워 올리곤 손가락으로 잡았다. 그러곤 보란 듯 팔을 치켜들어 파편을 던질 자세를 취했다.

진자강이 경고했다.

"그대로 계십시오."

진자강은 천천히, 뒤로 어깨를 젖혔다가 앞으로 검의 파편을 던졌다. 그 순간 진자강의 앞쪽으로 있던 정의회 무인들이 좌우로 갈라졌다.

"어!"

막고 있던 이들이 사라지자 무인들을 선동했던 자의 모습이 환히 드러났다.

퍽. 가벼운 타격음과 함께 검의 파편이 머릿속으로 깊이 박혔다. 무인이 억울한 얼굴로 비틀거리며 말했다.

"사, 사선을 넘지도 않았는데……."

진자강이 차갑게 대답했다.

"말이 넘어왔잖습니까."

무인은 끝까지 억울한 얼굴로 엎어져 죽었다.

진자강이 목소리까지 따지자 정의회 무인들의 공포는 극에 달했다. 숨소리까지 잦아들었다.

그렇다고 겁을 먹고 달아날 수도 없는지라 그저 조금씩 물러나며 가만히 사태를 지켜보기만 할 뿐이었다.

지금 상황에서 유일한 탈출구는 백리중이었다. 백리중이 남궁락을 이기고 진자강과 상대해 주어야 자신들이 뭐든 해 볼 수 있게 되는 것이다.

그때.

답답한 목소리가 울렸다.

"큭!"

남궁락의 신음이다.

남궁락의 손발이 어지러워지고 있었다.

남궁락의 뒤를 지키고 있던 남궁가의 제자가 안절부절못했다.

백리중이 남궁락을 몰아붙이며 말했다.

"다시 한번 말해 줄까! 지금쯤이면 대불이 남궁가를 향하고 있을 것이다!"

남궁락의 손발이 어지러워진 이유였다.

남궁가는 이번 반역의 사태를 별 탈 없이 지났다. 그것은 남궁가의 가문에 검왕 남궁락이 떡하니 버티고 있었기 때문이었다.

그러나 그것은 반대로 말하자면 가문을 비운 지금, 남궁가는 가장 위험한 상황이라는 뜻이다.

설마하니 소림사가 그리 비겁한 짓을 할 거라는 생각은 하기 어려웠다.

하나 남궁가의 존재가 얼마나 눈엣가시인지 생각해 보면 지금이 남궁가를 굴복시킬 절호의 기회이기도 한 것이다.

"당신 하나만 죽으면 남궁가는 살려 주겠다! 그러나 반항한다면 남궁가는 주춧돌 하나 남지 않게 될 것이다! 어떤가, 순순히 죽는 것이!"

백리중이 남궁가의 제자를 향해 소리쳤다.

"검왕을 베어라! 그리하면 남궁가는 살려 주마."

남궁가의 제자가 전신에서 땀을 뻘뻘 흘리며 악을 썼다.

"개소리하지 마라! 우리 남궁가는……!"

백리중은 남궁락과의 싸움에서 우위를 가져 여유가 있었다. 여력을 돌려 남궁가 제자를 공격했다. 남궁가 제자가 검기를 뽑아내어 반항했지만 백리중과의 수준 격차가 매우 컸다. 삼 초를 버티지 못하고 검기가 박살 났다. 뒤이은 백리중의 일장에 어깨가 가슴과 함께 날아갔다.

"영아!"

남궁락이 분노했다.

"너 이놈!"

남궁락의 절대만검은 최대의 평정심이 필요한 무공이었다. 연이어 마음이 흔들리고 급해지자 남궁락의 손발은 더어지러워졌다.

고수들은 심적인 충격이 신체에 무리를 준다. 막대한 내공을 제어하지 못하게 되면 고스란히 칼날이 되어 되돌아온다.

특히나 작하신검은 끊임없이 내공을 이어 주는 공능을 가지고 있지만, 역으로 내공이 쉼 없이 흐르기에 제대로 제어하지 못하면 내공의 폭주 위험성이 커진다.

백리중은 작하신검의 허점을 파고들어 남궁락을 극한까지 몰아넣었다.

짜라락!

둘의 검이 얽혔는데 남궁락의 작하신검이 불안하게 흔들렸다. 백리중은 힘껏 천주인을 떨쳤다. 작하신검의 검신이 튕겨지며 휘어져 남궁락의 뺨을 그었다.

동시에 백리중이 남궁락의 가슴에 굉가부곡장을 날렸다.

우직!

남궁락은 백리중의 굉가부곡장에 가슴을 얻어맞고 나가떨어졌다. 갈빗대가 왕창 내려앉았다. 억지로 자세를 잡으며 버티려다가 굉가부곡장의 힘을 못 이기고 발을 접질려 발목이 부러졌다.

백리중의 한쪽 입가가 길게 올라갔다. 송곳니 사이로 탐욕스럽게 침이 흘렀다.

남궁락을 향해 달려드는 백리중의 눈이 번뜩였다.

그러나 백리중은 남궁락을 확실하게 끝장내지는 못했다. 공중으로 몸을 날려 날아온 독침을 피했다.

진자강이 남궁락에게 다가갔다.

"살아 돌아가고 싶으면 진정하십시오."

남궁락은 눈을 부릅떴다.

"내가 지금 진정하게 생겼느냐!"

진자강이 말했다.

"방금 못 들었습니까. 남궁가로 대불이 가고 있다고."

으드드득.

남궁락이 분통을 터뜨리며 이를 갈았다.

"그럼 이제 어쩌라는 것이냐!"

"살아서 가야지요. 처음부터 그럴 생각이었습니다."

진자강이 남궁락을 부축해 일으켰다.

백리중은 폐허가 된 바닥의 한곳에 서서 진자강과 남궁락을 노려보고 있었는데, 여전히 반쪽 얼굴에서는 부스럼이 일고 악귀처럼 입을 찢어 웃고 있었다.

저것은 분명히 겁살마신의 내공을 쓰는 부작용임에 틀림없다. 그런데 왜 아까는 진자강의 내공에 반응하지 않았을까?

진자강은 순간 묘한 느낌이 들었다.

즉시 내부의 모든 둑을 해방하고 겁살마신을 불러일으켰다. 겁살마신을 제어하지 않고 풀어놓은 채로 방관했다.

겁살마신은 잠시 어리둥절해하는 듯하다가 이내 진자강의 기혈을 자유로이 돌아다녔다. 진자강의 얼굴과 팔에 핏줄들이 툭툭 불거졌다.

미칠듯한 식욕이 일었다. 끔찍한 허기가 눈을 팽팽 돌게 했다.

진자강은 억누르지 않았다. 내버려 두었다. 고통스러웠다. 겁살마신이 허기에 지쳐 괴로워하며 절규했다. 겁살마신에 몸을 맡긴 진자강도 울부짖었다.

"캬아아아아!"

백리중이 자기도 모르게 반응했다. 머리칼을 온통 곤두세우며 본신의 얼굴로 소리쳤다.
"키야아아아!"

第三章

피식자(被食者)

　남궁락은 의심스러운 눈으로 백리중을 쳐다보았다.

　백리중이 허리를 비스듬히 굽히고 야수처럼 울부짖었다.

　지독하게 끔찍한 야생성이 느껴졌다.

　울음을 듣는 것만으로 소름이 끼쳤다.

　"……."

　백리중은 전신 털이 솟은 채로 포효했다가, 문득 자신의 실수를 깨달았다.

　진자강의 의도대로 수많은 사람들 앞에서 숨겼던 본성을 드러내고 만 것이다.

백리중의 눈썹이 묘하게 일그러졌다. 입술도 웃는 듯 찡그리는 듯 일그러졌다.

진자강은 그사이에 벌써 겁살마신을 제압하여 폭주하는 내공을 억누르곤, 백리중을 차갑게 쳐다보고 있었다.

"그랬군요. 이해했습니다."

진자강은 알았다.

아까 진자강의 내공에 백리중이 반응하지 않았던 이유를.

백리중은 진자강의 말투에 눈을 빛냈다. 눈빛이 살기와 탐욕으로 번들거렸다.

"뭘 말이냐?"

"본인이 더 잘 알고 있을 텐데. 아니, 본인은 모를 수도 있겠군요."

"이상한 소리를 하는구나. 죽을 때가 되어 그런 것이겠지."

백리중은 무심코 손으로 입가에 흐르는 침을 닦았다.

진자강은 그 사소한 행동이 무엇을 의미하는지 안다. 방금의 공명(共鳴)으로 깨달았다.

백리중은,

겁살마신에 잠식되었다.

현재 그의 이성과 인격은 이전의 백리중이 아니다.

천연의 '악'으로 변모했다.

광적으로 탐욕에 사로잡혀 있다.

백리중에게 있어 제일 중요한 것은 탐욕을 채우는 일이다. 그 일차적인 탐욕이 바로 허기로 드러난다. 항상 허기에 시달리고, 허기를 채우기 위해 무슨 짓이든 서슴지 않는다. 인간 세상에서 지켜야 할 도리나 사회적인 규범들도 철저히 무시한다.

배가 고프면 서로를 잡아먹는 굶주린 들개와 다를 바가 없는 상태.

그것이 지금의 백리중이었다.

그래서 맨 처음 백리중의 내부에 있는 겁살마신을 불러내려는 진자강의 내공에도 반응하지 않은 것이다.

이미 겁살마신이, 겁살마신의 본성이 백리중의 내부에서 밖으로 기어 나와 있었으므로 불러낸다는 자체가 무의미한 일이었다.

겉과 속이 같은데 속을 헤집어 낸다고 한들 다른 게 나올리 없지 않은가!

더욱이, 백리중을 잠식하고 밖으로 나온 놈이 진자강의 내공에 흔들리지도 않을 정도로 성장해 있다.

위험하다.

백리중의 겁살마신은 짧은 사이에 덩치를 엄청나게 불렸다.

만일 검왕 남궁락까지 백리중에게 당한다면 백리중은, 아니 백리중의 겁살마신은 진자강조차 막을 수 없게 커 버릴 것이다.

진자강이 말했다.

"한 번 더 할까요. 아니면 스스로 인정하겠습니까."

백리중을 잠식한 겁살마신을 자극할 생각이다.

수많은 정의회 무인들 앞에서 백리중이 그런 꼴을 보인다면 백리중은 이번 싸움에 이기더라도 설 자리가 없게 될 터였다.

이미 백리중을 수상한 눈으로 보는 자들이 몇몇 있었다.

진자강의 의도를 안 백리중이 송곳니를 드러내고 더 길게 입을 찢어 웃었다.

"흐으……, 여전히 영악하구나. 그러나……."

백리중은 돌연 굽혔던 허리를 펴며 팔짱을 끼고 근엄한 표정을 지었다.

그러더니 멀찍이서 둘러서 있는 정의회 무인들에게 소리쳤다.

"형제들이여! 왜 겁을 먹고 있는 것인가. 모두 검을 드시게! 검왕을 죽이는 자에게는 황금 백 냥과 무림총연맹의 고위 간부직을 주겠소이다!"

황금 백 냥!

정의회 무인들의 눈이 휘둥그레졌다.

어마어마한 거금이다. 대궐 같은 집은 물론이요, 처첩을 열 명씩 거느리고도 평생을 놀고먹으며 살 수 있다. 솔직히 무림총연맹의 고위 간부직을 할 필요도 없다.

꿀꺽.

정의회 무인들이 마른침을 삼켰다.

독룡을 죽이라는 것도 아니고 검왕이다. 검왕은 크게 부상을 입어 운신도 제대로 못 한다. 진자강은 백리중이 처리해 줄 터이고 이 수백 명이 덤벼들 터이니, 운이 좋다면……

정의회 무인들의 얼굴에 탐욕이 어렸다.

잘하면…….

어차피 싸우다가 이래 죽으나 저래 죽으나 마찬가지인데 운이 좋으면 평생 거부로 떵떵거리며 살 수 있는 것이다.

정의회 무인들은 방금 전에 보인 백리중의 기이한 모습도 잊었다. 그냥 진자강과 싸우다가 그런 것으로 치부해 버리고 넘어갔다. 그렇다고 어차피 백리중에게 따질 수 있는 것도 아니다. 중요한 건 눈앞에 걸린 상금이었다.

평생 놀고먹을 수 있는 상금…….

검왕 남궁락을, 마치 먹잇감 쳐다보듯이 바라보았다.

남궁락도 그들의 시선을 느끼고 허허롭게 웃었다.

"이 내가 쥐 떼의 사냥감이 되다니······."

정의회 무인들은 어중이떠중이도 섞여 있지만 제법 큰 세가나 문파도 섞여 있다. 아직 제갈가와 공동파의 제자들도 곳곳에 보인다.

"이것이 진인께서 우려했던 폐해겠지."

목숨조차도 황금으로 값어치를 매기는 강호.

정의가 아닌 황금에 목숨을 건다.

이 얼마나 끔찍한 세상인가.

남궁락은 탄식하며 눈을 빛내는 정의회 무인들을 쳐다보았다.

남궁락으로서도 쉽사리 당해 내긴 어려울 것이다.

게다가 진자강이 남궁락을 보살피다 보면 진자강도 위험해진다.

정의회 무인들 수백 명이 눈치를 보며 슬금슬금 다가오기 시작했다.

남궁락이 억지로 몸을 추스르며 진자강에게 말했다.

"허허, 내 생전에 금강천검이 부담스러울 날이 올 줄은 몰랐군. 내 몸은 내가 알아서 할 테니, 독룡 너는 금강천검만 신경 쓰도록 하라."

진자강이 즉답했다.

"불가합니다."

"허락을 맡고자 함이 아니다."

"내가 왜 검왕을 지키고자 하겠습니까."

"그래. 아까부터 궁금하더군. 이유가 무엇이냐."

"검왕이 북리검선과 같은 처지가 되면 금강천검을 막을 사람이 없습니다."

남궁락은 대꾸하지 못했다. 자세히는 알지 못한다 하더라도 그가 겪어 온 견문은 얕지 않다. 진자강의 말이나 백리중의 무공 상태를 보면…….

북리검선은 금강천검의 먹이가 되고 만 것이다…….

자신이 그 꼴이 된다면 당장에만 문제가 되는 게 아니라 후일에까지 문제가 생기게 되는 터라, 남궁락은 진자강의 말을 듣지 않을 수 없었다.

"알겠다. 그러나 네 옆에 있는 것은 방해가 될 거다."

"죽지 말고 계십시오. 금방 가겠습니다."

남궁락은 분명히 자신을 생각해서 하는 말이라는 걸 알면서도 괜히 진자강의 말이 얄밉다는 생각이 들었다.

"혹시 어디서 얄밉다는 말 안 듣느냐?"

"많이 듣습니다."

"그럴 줄 알았다."

남궁락은 작하신검을 들고 백리중을 노려보며 진자강에

게서 멀어졌다. 아까 남궁가의 제자가 당한 것처럼 자신이 인질이 될 수 있다. 진자강에게서 멀리 떨어질수록 진자강의 싸움에 영향을 주지 않게 될 것이었다.

남궁락이 부러진 발목 때문에 비틀거리는 걸음으로 떨어져 나오자 정의회 무인들이 금세 아귀처럼 달려들었다.

"와아아아!"

"황금 백 냥은 내 것이다!"

돈에 눈이 먼 정의회 무인들이 달려들었다. 그러나 상처를 입었어도 호랑이는 호랑이다. 섣불리 달려들지 않고 멀리에서부터 활을 쏘고 비표를 던졌다.

남궁락이 다친 가슴 쪽의 팔을 몸에 붙인 채 한쪽 팔만으로 작하신검을 스윽 내저었다. 날아오는 병기들은 빠른데, 남궁락의 움직임은 느리다. 그런데 남궁락의 팔이 다 펴지기도 전에 날아오던 병기들이 죄다 튕겨 나갔다. 절대만검의 초사검기가 이미 남궁락의 앞에 깔려 있었다.

"던져!"

철 그물이 남궁락의 머리 위에서 펼쳐졌다. 남궁락이 느릿하게 검을 회수하며 몸을 기울여 주위에 흐르는 풍사기의 방향을 바꾸었다.

바람결 같은 수십 개의 풍사기가 하늘로 오르며 그물들을 가닥가닥 끊어 냈다. 날아오던 화살도 풍사기에 맞고 쪼개졌다. 몸의 상처가 크니 오래 버티기는 힘들겠지만, 작하신검으로 내공이 끊이지 않을 테니 쉽사리 당하진 않을 터였다.

아까보다 한결 마음이 가벼워져 있었다.

남궁락은 스스로가 굉장히 차분해졌다는 걸 알고 놀랐다.

진자강 때문이다.

진자강이 남궁락의 불안을 잠재워 주고 있었다.

'이 느낌은……?'

남궁락은 해월 진인을 처음 만났을 때가 생각나 놀랐다.

꼬장꼬장한 도사…… 해월 진인은 움직이는 도경 자체였다.

그에 비해 진자강은 피 냄새 가득한 야수다. 행동과 말투마다 진한 살기가 배어 있어서 남궁락조차 소름이 끼칠 때가 있었다.

그런데 그 두 사람이 가는 길이 결국에 같은 곳을 향하고 있는 것이다.

어쩐지, 지금 이 자리에서 죽어도 뒷일이 별로 걱정될 것 같은 기분이 들지 않았다. 물론 진자강은 죽지 말라고 했으니, 자신이 죽는다면 진자강에게 엄청난 타박을 받겠지만 말이다.

'독룡……'

다시금 정의회 무인들을 상대하기 위해 검을 드는 남궁락의 입가에 잔잔한 미소가 배었다.

백리중은 정의회 무인들이 소리를 지르며 남궁락에게 덤비는 걸 보고 조소했다.

"누구나 욕심이 있기 마련이지. 돈과 헛된 욕망. 그런 것을 우선하는 자들은 조종하기 좋아."

진자강이 조용히 물었다.

"당신이 이런 세상을 만들었습니까?"

백리중은 진자강을 아래로 내려다보더니 대답했다.

"아니."

한쪽 입술이 길게 웃었다.

"그러나 어떤가, 이런 세상. 좋지 않으냐."

"불한당 같은 자들이 살기 좋은 세상 말입니까?"

"누구나 능력이 있으면 성공할 수 있는 세상. 노력만 하면 어디까지든 올라갈 수 있는 세상. 해월 같은 자들이 앞을 가로막지 않는 세상 말이다."

진자강이 되물었다.

"미친 거 아닙니까? 지금 하고 있는 행동이 그 말과 어울린다고 생각합니까?"

"뭐가 안 맞는단 말이냐? 금력도 능력이고 권력도 능력이며 출생도 능력이다. 권모술수를 써서 위에 있는 자를 끌어내리고, 올라오는 자의 심장에 한 자루 비수를 박아 내 자리를 지키는 것. 그것 모두가 성공의 밑거름이요, 모두에게 공정한 경쟁이 아니겠는가."

"아아, 그래서 그랬군요."

"그래서 그랬다?"

"그런 생각을 갖고 있으니까……."

진자강이 빤히 백리중을 보았다. 그러곤 잠시 말을 끊었다가 이었다.

"먹히는 겁니다."

백리중의 눈썹이 꿈틀댔다.

"누가."

"당신이."

백리중이 끔찍한 웃음을 지었다.

"나는 먹히지 않는다."

"벌써 먹혔잖습니까."

"나를 바보로 보는 거냐? 나는 앞서 동화(同化)하는 과정에 있다."

"착각하지 마십시오. 겁살마신은 포식자이고, 당신은 피식자입니다. 합마공의 도결은 왜 버렸습니까."

진자강의 말에 백리중은 진지해졌다. 주먹을 들어 힘껏 쥐어 보였다.

"굴레를 씌운 개는 강해지지 못한다. 끽해야 짖을 뿐. 투견은 짖지 않고 무는 법을 배워야 한다."

"주인을 물지 않았을 때 얘기겠지요."

백리중이 눈을 크게 치켜뜨고 양안에서 다른 기운을 흘려 내며 말했다.

"최초에 태극이 도(道)를 세웠고 끊임없이 변화하는 음양을 통해 천지만물을 이루었느니라. 음양이 생성하는 현상은 끊이지 않으므로 서로 다르다 할 수 없어, 이를 불이(不異)라 한다. 음양은 때로 상호 간에 전화하여 뒤바뀌므로 애초에 불이(不二), 역시나 둘의 근원은 다르지 않은 것이다."

진자강이 싸늘하게 말했다.

"마도. 그게 당신이 마도를 선택한 이유는 되지 않습니다."

"탈마다. 그냥 마도가 아니다."

백리중의 눈이 번뜩였다.

"마(魔)와 선(善)은 도에서 태어나, 최초에 그 둘을 구분하기 전에는 둘이 다르지 않았다. 마의 시작에도 도가 있고, 마의 마지막에도 도가 있다[始終如一]! 마와 선은 불이(不異)하고 불이(不二)하다! 그 끝에는 태초의 도가 있다!"

백리중이 늑대처럼 낮은 울림소리를 내며 소리쳤다.

그런데 어느 누가 감히 내게 잘못된 길을 가고 있다 말할 수 있겠는가!

피이이잉!

가공할 속도와 함께 백리중의 인중으로 독침이 날아들었다.

팟!

백리중은 이로 독침을 잡아챘다. 섬뜩한 눈으로 독침을 던진 진자강을 쳐다보았다.

진자강이 백리중을 쳐다보며 말했다.

"내가."

"이놈이…… 사람이 말을 하는데……."

진자강이 목소리에 힘을 주어 질타하듯 외쳤다.

"도가도비상도(道可道非常道)! 처음과 끝에 도가 있다고 해도, 도에는 처음도 끝도 없다! 도를 입에 담는 순간 도가 아니다!"

그르르르!

백리중이 목을 울려 반항의 소리를 냈다. 백리중의 얼굴은 아까보다 일그러져서 점점 야수의 것으로 변해 가고 있었다.

진자강이 말했다.

"내가 아니었다면, 진인께서 그리 말씀하셨을 겁니다. 아니면 무암존사께서 그리 말하였겠군요."

백리중이 독침을 뱉고 살기 어린 웃음을 지었다.

그르르. 목에서 연신 늑대의 울음이 울렸다.

백리중의 몸에서 스산한 기운이 흘러나오기 시작했다. 공기가 무거워지고 압박이 느껴졌다.

"무암과 해월은 내가 죽였다. 그리고 내가 유일하게 두려워하던 현교의 교주는 네가 죽였다."

현교의 교주는 겁살마신의 위 격이다. 같은 마도의 마장 현신으로 겁살마신을 제압할 수 있는 유일한 무공을 지니고 있었다. 백리중이 아닌, 백리중의 몸을 잠식하고 있는 겁살마신이 두려워하던 존재였다.

그 야율환이 죽고, 현교가 강호를 넘보지 못하게 되었으니 백리중의 겁살마신은 더 이상 두려울 게 없다.

백리중이 다시 소리 질렀다.

"이제 누가 나를 막겠느냐!"

진자강이 독침을 퍼부었다.

"내가."

백리중의 얼굴이 분노에 차 귀기로 물들었다.

"이노오오옴!"

핑 피이잉!

백리중은 가볍게 몸을 흔들어 독침을 모두 피해 버렸다.

진자강이 백리중에게 먼저 선공을 가했다. 힘껏 팔을 젖혔다가 내뻗으며 수라경을 발출했다.

진자강의 수라경이 백리중을 뒤덮었다.

백리중이 겁살마신의 내공을 끌어 올리면서 천주인을 휘둘렀다.

천주인이 수라경과 부딪치며 정면에서 힘겨루기를 했다.

콰가가각!

수라경들이 일순 떨면서 멈칫거렸다. 천주인도 백리가의 보검이라 수라경에 밀리지 않았다.

백리중이 힘으로 해 보겠다는 듯 한 손을 더해, 양손으로 천주인을 잡고 밀어붙였다.

"타아앗!"

천주인이 완전히 휘둘러졌다. 가벼운 수라경이 천주인에 뭉그러지며 밀려났다. 수라경이 진자강의 살갗을 쳐서 혈흔을 냈다. 진자강은 수라경을 단속하지 않고 그 상태로 손을 뻗어서 세 자루의 독침을 발출했다.

백리중이 팔을 비틀어 천주인을 추켜올렸다. 천주인의 검기가 독침을 쳐 내고 진자강의 가슴까지 갈랐다. 진자강은 몸을 뒤로 누이면서 발로 백리중이 쥔 검의 손잡이 아래를 찼다.

타악! 천주인이 위로 날려갔다. 백리중이 발돋움을 하여 뛰면서 손바닥을 펼쳤다. 튕겨 나간 천주인이 허공섭물로 백리중의 손으로 되돌아왔다. 동시에 반대쪽 손으로 굉가부곡장을 펼쳤다.

우르르르르!

진자강은 즉시 옆으로 몸을 굴렸다. 진자강이 있던 자리는 파도가 덮친 것처럼 무지막지하게 쓸려 나갔다. 그런데도 진자강은 몸을 굴리는 동안 독침을 던지길 쉬지 않았다. 백리중이 되잡은 천주인을 휘둘러 검풍으로 독침을 비껴 나가게 했다. 그런데 독침 일부가 검풍에 밀려난 듯하다가 크게 원을 그리며 되돌아와 백리중의 뒤통수에 꽂혔다.

비선십이지의 수법!

순간 백리중의 신형이 둘로 갈라지면서 독침이 백리중의 잔상을 뚫고 지나갔다.

팟. 백리중이 이형환위로 이동하여 진자강의 앞에서 나타났다. 진자강의 몸에 독무가 어려 있는데 오히려 대담하게 접근해 온 것이라, 진자강으로서도 살짝 허를 찔린 셈이 되었다.

백리중이 진자강의 발을 탁 걸어차 중심을 잃게 하고 몸을 낮췄다가 어깨로 진자강의 턱을 올려쳤다. 진자강의 고개가 젖혀지자 진각을 밟으며 몸 전체를 사선으로 틀며 등으로 진자강의 몸통을 강타했다.

쾅! 진자강은 피 보라와 함께 순식간에 일 장이나 날아갔다.

정교하게 연결된 초식이었다. 진자강은 가슴팍이 부서지는 듯한 충격을 받았다. 숨이 막혀 아찔할 지경이었다. 진자강의 몸에서 튄 혈독도 바람에 함께 밀려 나가 백리중에게 피해를 주지 못했다. 그러나 그 와중에도 진자강은 반격했다.

어느새 백리중의 머리에 수라경이 친친 감겨 있었다.

진자강이 수라경을 손안에 감아 꽉 쥐고 당겼다. 금방이라도 백리중의 머리통이 횡으로 수 조각 나뉠 듯했다. 백리중이 천주인을 빙글 돌려 수라경의 중간을 휘감았다. 검기를 넣고 당겨 수라경을 끊으려 했다. 그러나 수라경은 끊이지 않고 팽팽하게 당겨졌다.

진자강이 수라경을 힘주어 당기자 끼익 끼익, 천주인에서 거친 소음이 났다. 진자강은 독침을 쏘아 냈다. 백리중이 발로 작은 돌멩이를 걷어차 중도에 독침을 격추했다. 그러곤 고개를 흔들어 얼굴에 얽힌 수라경을 느슨하게 만들고 고개를 뺐다.

진자강이 수라경을 회수하고 독침을 쏘아 내며 뛰어올랐다.

섬절로 쏘아진 독침이 빛살처럼 백리중의 위아래로 날아 갔다. 백리중이 사선으로 몸을 회전시키며 옆으로 이동해 독침을 피하곤 허공으로 장력을 퍼부었다.

펑! 진자강은 몸으로 장력을 받아 내고 그대로 백리중을 향해 떨어지며 쌍장을 뻗었다. 독장이 백리중의 머리 위로 쏟아졌다. 독장뿐 아니라 진자강의 몸에서 뚝뚝 떨어지는 수라혈도 백리중에게는 위협적이었다.

백리중은 한쪽 소매를 어깻죽지까지 쭉 찢어 손에 감고 허공에 큰 원을 그렸다. 풍압에 진자강의 독장과 수라혈이 사방으로 흩어졌다.

스…… 흡.

백리중이 호흡을 머금곤 크게 내공을 폭발시켰다.

쫘악! 손에 쥐었던 소매가 갈가리 찢기며 소용돌이쳤다. 찢어진 옷조각들이 예리한 내공을 담고 진자강을 향해 암기처럼 날아갔다.

공중에 뜬 진자강으로서는 피하기 어려운 공격이었다.

진자강이 본능적으로 허공을 짚었다.

허공발경(虛空發勁)!

퍼엉!

공간이 폭발하며 찢어진 옷 조각들이 산산이 흩날렸다.

진자강이 뛰어내리며 백리중의 머리를 발로 찍었다. 백

리중이 팔뚝을 들어 막았다.

쿠웅! 진자강이 내리친 압력에 백리중의 발아래 땅이 한 치가량 꺼지고 발이 빠졌다. 진자강이 떨어지면서 낮은 위치에서 몸을 한 바퀴 돌리며 양발로 백리중의 가슴을 걷어 찼다. 백리중이 양팔을 교차하여 발을 막았다.

뼈엉! 백리중의 발이 땅에 긴 흔적을 남기며 뒤로 쭉 밀렸다.

백리중의 몸이 흔들거렸다. 몸을 좌우로 흔드는가 싶더니 혹 하고 꺼지듯 사라졌다.

어떤 종류의 경공인지 파악하기 어려운 동작이었다.

백리중의 몸이 길게 늘어지는가 싶더니 진자강의 앞으로 순식간에 날아왔다.

궁신탄영!

종남쌍검보다도 한 수 위의 기량이다. 백리중이 진자강의 가슴으로 번개처럼 검을 찔렀다. 검 끝이 파르르 떨리고 있었다.

진자강은 눈을 크게 치켜떴다.

이것은 어느 쪽으로 피해도 위험하다!

평범한 한 수인데 묘하게 진득한 살기가 어려 있었다.

교묘하게 필살의 한 수를 섞은 백리중이다.

진자강도 이번을 승부처로 잡기로 했다.

진자강은 몸을 피하지 않고 오히려 앞으로, 백리중의 가슴으로 뛰어들었다.

푸욱.

천주인이 진자강의 좌측 어깨를 뚫고 지나갔다. 지나간 검 끝이 뒤늦게 검기를 산란하며 선풍을 일으켰다. 진자강의 뒤에서 날카롭게 공간이 난도질되었다.

구풍멸악검을 한 호흡 뒤늦게 일으킨 백리중의 변초였다. 만일 진자강이 뒤로 뛰거나 옆으로 피했으면 구풍멸악검의 검기에 휘말렸을 터였다. 그러나 어깨에 검을 관통시킴으로써 검극을 지나게 하고, 검극이 일으키는 검기를 아예 뒤쪽에서 터지게 한 것이다!

천주인이 진동하며 진자강의 어깨에서 정신없이 피가 튀었다. 진자강은 손을 뻗어 백리중의 목을 쥐었다. 그대로 손목만 비틀면 백리중의 목이 꺾인다.

그야말로 산전수전을 다 겪은 백전노장이 팔 하나 내주고 적장의 목숨을 취하는 듯한 예리함이었다.

조금 전 백리중이 남궁락과 싸울 때와는 전혀 다른 방식.

백리중은 천주인을 놓고 피하거나 하지 않았다. 이것은 야수 간의 싸움이다. 물러서는 자가 진다.

백리중의 목에 핏줄이 돋아났다. 핏줄과 함께 힘줄이 두드러지게 올라왔다. 어깨의 승모근과 목이 팽팽하게 부풀었다.

드드드득. 목뼈가 압박을 받아 머리가 앞으로 기울어지며 관절이 꺾이는 듯한 소리가 났다. 백리중은 턱을 당겨 턱과 목 사이에 진자강의 손아귀를 끼웠다. 목의 근육이 바위처럼 단단해졌다. 진자강의 손가락이 목에 박히지 않을 정도였다.

백리중의 턱과 목이 진자강의 손등을 조였다.

진자강도 손에 더욱 힘을 주었다.

턱과 목 근육, 그리고 악력이 힘을 겨루는 진기한 광경이었다.

으직으직.

백리중의 목에서 난 소린지 진자강의 손에서 난 소린지, 누구에게서 났는지 알 수 없는 소리가 울렸다.

백리중의 얼굴이 벌게지고, 진자강의 얼굴에도 힘줄이 돋았다.

백리중이 턱을 있는 힘껏 누르면서 소리를 질렀다.

키야아아아아!

그러나 진자강의 겁살마신은 대응하지 않았다.

백리중의 눈동자가 흔들렸다.

진자강의 겁살마신은 완벽하게 통제되고 있다!

진자강이 다른 쪽 팔을 천천히 들었다. 어깨에 천주인이 꿰뚫린 상태에서, 아직 백리중이 천주인을 놓지 않아 날에 박힌 부위가 베이면서 피가 줄줄 흘렀다. 그런데도 조금씩 떨리는 팔을 치켜들고 있었다.

똑같이 힘을 주는 상태였지만 백리중은 움직이지 못하고 진자강은 한 팔을 움직일 수 있다는 건, 진자강의 내공이 조금 더 우월하다는 뜻이다.

백리중은 필사적이 되었다.

"끄으으으……!"

신음 소리까지 내어 가며 온 힘을 다했다.

우지직, 우직!

턱 아래에서 부러지는 듯한 소리가 났다. 손등이 눌린 진자강의 손가락이 조금씩 뒤틀리고 백리중의 입술도 터졌다. 잇새에 피가 맺히고 목의 핏대에서 실핏줄이 터져 새었다.

진자강은 얼굴이 시뻘게져선 완전히 팔을 치켜든 채로 웃었다.

그러곤 순식간에 손바닥으로 백리중의 얼굴을 정면에서 후려쳤다.

뻐억!

백리중이 마지막 순간에 진자강의 손에서 목을 빼내고 몸을 틀었다. 한쪽 얼굴을 맞았다.

백리중이 무너지듯 무릎을 꿇었다. 광대뼈에 금이 가고 반쪽 얼굴이 시뻘게졌으며 피멍이 터져 퉁퉁 부어올랐다. 그나마 수라혈에 당하지 않은 게 다행일 지경이었다. 눈동자가 심하게 흔들리며 초점을 잡지 못했다.

백리중은 천주인을 놓고 스스로의 손으로 자신의 귓불 아래 혈을 찔렀다. 눈의 초점이 빠르게 돌아왔다.

진자강이 다시 손을 들고 있는 광경이 들어왔다.

뻐억!

무릎을 꿇은 상태에서 머리를 맞은 백리중이 그대로 고꾸라져서 엎어졌다.

콰앙!

얼굴이 흙바닥에 처박혔다.

"커어억!"

백리중의 동공이 갑작스러운 공포감에 휩싸였다. 검살마신의 기운이 급속도로 약해지고 있었다.

백리중이 중얼거렸다.

"아, 안 돼……! 이런…… 이런 말도 안 되는!"

"이제 말이 됐습니다."

진자강이 발을 들어 백리중의 머리를 밟았다.

백리중은 옆으로 몸을 데굴데굴 굴렸다. 대나무처럼 튕겨 일어나선 한쪽 얼굴을 손으로 잡고 바로 달아나기 시작했다.

그런데 그 와중에도 굳이 한마디를 했다.

"네 이놈! 비열한 수를 쓰다니. 역시 마교의 전인답구나!"

백리중의 행동은 헛웃음이 나올 만큼 치졸했지만, 진자강은 웃지 않았다.

진자강이 백리중을 쫓아가려다가 주춤했다. 어깨에 천주인이 꽂혀 있었다.

백리중은 가문의 보검인 천주인까지 놓고 도망간 것이다.

쑥!

진자강이 천주인을 뽑았다. 핏물이 왈칵 새어 나왔다.

"후."

열심히 자신을 피해 달아나는 백리중을 보니 만감이 교차했다.

십 년 전의 호기롭고 대범하던 모습은 어딜 가고, 추악한 심성만이 남아 있을 따름이었다.

저런 비겁한 자에게 한때나마 강호의 정의가 맡겨졌다는 사실이 진자강을 더욱 울분케 했다. 청산되지 못한 백화절곡의 아픔이 새삼 살을 후벼 파는 듯했다.

진자강은 남궁락을 돌아보았다. 남궁락은 크게 다쳐서 운신이 불편한 채로, 상당한 고수 세 명과 싸우고 있었다. 주위를 수많은 정의회 무인들이 둘러싸고 있어서 다소 위험해 보였다.

하지만 남궁락은 작하신검 덕에 내공이 끊이지 않아 크게 밀리는 편은 아니었다. 남궁락이 묵직한 한 수로 잠깐 상대들을 물려 내곤 소리쳤다.

"나 남궁락이, 이 정도에 쓰러지지 않는다. 놈을 따라가거라!"

진자강은 바로 고개를 돌리고 백리중을 추격하기 시작했다.

백리중이 능선을 올라 달아나고 있었다. 얼마나 허둥대는지, 겁살마신이 겁을 먹은 탓인지 제대로 된 경공도 쓰지 않고 달리는 중이었다. 진자강은 어렵지 않게 뒤를 따라갈 수 있었다.

그러나 능선을 넘은 순간.

진자강은 잠깐 걸음을 멈춰 섰다.

능선 아래로 새까맣게 몰려든 인원들이 보였다. 방금보다 훨씬 더 수가 많다. 아까는 급하게 모은 티가 났는데, 이번엔 제대로 전열을 갖추고 있었다. 심지어 새로 왔으니 아까의 이들처럼 진자강에게 겁을 먹은 상태도 아니다.

진자강은 그들의 사이에 있는 백리중을 찾았다. 백리중이 한쪽 얼굴을 가린 채 쳐다보고 있었다.

보는 이들이 많아 겉으로 드러내진 않았으나 가린 얼굴에서 겁살마신이 웃고 있음을 공명으로 느낄 수 있었다.

백리중이 소리쳤다.

"놈은 심한 내상을 입었고, 어깨를 관통당해 힘을 쓰지 못하네! 저 사악하고 흉악한 놈을 죽이는 자와 그 문파에는 각기 황금 천 냥씩을 주도록 하겠네! 아니, 놈에게 상처만 입혀도 황금 백 냥을 줄 것이야!"

황금 천 냥! 게다가 문파에까지!

그것은 대문파라고 해도 결코 무시할 수 없는 가치의 보상이었다. 더욱이 상처만 입혀도 백 냥을 준다지 않는가!

몰려든 이들이 슬슬 같은 문파끼리 뭉치기 시작했다. 아까처럼 마구잡이로 달려드는 게 아니라 좀 더 조직적으로 덤벼들 것처럼 보인다.

그만큼 상대하기가 까다로워지리라.

수백 명이 동시에 살의를 품자 찌르는 듯한 살기가 악록산의 능선을 가득 메웠다. 금방이라도 진자강을 휩쓸어 버릴 듯 거대한 살기가 집중되어 있었다. 도저히 한 개인이 감당하기 어려운 살기다.

쏴아아아. 불어오는 바람마저도 칼날처럼 살을 에었다.

진자강은 무심히 그들을 내려다보았다.

무인들은 황금에 완전히 눈이 멀어 앞뒤 가리지 않고 덤벼들 것처럼 보였다.

이것이, 백리중이 말했던 세상.

금력으로 좌지우지하기 좋은 세상의 단적인 모습이다.

잠시 그들을 바라보던 진자강이 말을 내뱉었다.

"그 돈, 금강천검이 죽으면 못 받을 텐데. 그래도 상관없습니까?"

응?

무인들은 진자강의 말을 무시하고 싶었지만 그럴 수 없었다.

다른 사람도 아니고 차기 무림맹주로 꼽히는 이가 수백 명 앞에서 약속한 것이니 싸움만 끝나면 지급은 보장된 셈이었다.

그러나 아무리 열심히 싸워도 백리중이 죽으면 돈을 못 받게 된다.

술렁.

무인들의 분위기가 어수선해졌다. 갑자기 갈등하는 자들이 늘어났다.

진자강의 말이 맞다. 그러면…… 굳이 진자강을 죽여서 천 냥을 버는 것보다, 한칼씩 먹이고 백리중을 지키면 백

냥을 버는 것이 낫다.

운이 좋아 두 칼을 먹이면 이백 냥!

황금 백 냥도 평생 쓰기 힘들 만큼 많은 돈인데 굳이 목숨을 걸고 진자강을 죽여서 천 냥을 받을 필요까지는…….

무인들의 생각이 바뀌자 은연중에 태세가 조금씩 변했다.

돈을 받기 위해서는 백리중을 지켜야 한다. 진자강에게 한칼 먹인 보상이라도 받으려면 백리중이 죽어선 안 된다. 진자강을 죽여서 받는 상금은 그 뒤의 문제인 것이다.

진자강을 향한 공세가 슬슬 수세로 돌아섰다.

놀랍게도 살기가 한풀 꺾였다. 진자강을 죽이겠다는 생각에서 백리중을 지키며 상처만 입히겠다는 소극적인 태도로 바뀐 탓이다.

백리중의 얼굴이 일그러졌다.

말 몇 마디로 자신에게 유리하도록 기세마저 바꿔 버리는 것인가!

앞뒤 안 가리고 달려들어 칼질하는 자와 소극적으로 칼질하는 자를 상대하는 것, 어느 쪽이 진자강에게 유리한지는 뻔하지 않은가!

그르르르.

백리중의 겁살마신이 잔뜩 불편해진 느낌으로 신음을 삼켰다. 진자강도 공명으로 백리중의 감정을 읽었다.

뚜둑 뚜둑.

진자강이 손가락의 관절을 꺾고 목을 풀었다.

"당신들이 이기면 돈을 받고, 내가 이기면 당신들 목을 받아 가는 겁니다. 준비됐습니까?"

무인들은 표정을 찡그렸다.

아무것도 아닌 말 한마디, 틀린 말도 아닌데 손해 보는 듯한 기분이 들었다.

진자강이 최대의 내공을 끌어 올렸다. 상처에서 피가 뿜어지며 독무로 화하여 뿌옇게 안개처럼 피었다.

저수마신의 거!

크어허엉!

진자강의 내부에서 울부짖은 겁살마신의 포효가 뇌성처럼 악록산을 진동시켰다.

*　　　*　　　*

화산파와 남궁가 제자들까지 섞인 일행들은 예상대로 치열한 혈투를 펼쳤다. 기슭을 따라 내려가면서 엄청난 대항에 부딪쳤다. 다행히 이쪽도 수가 많아 일방적으로 몰리진 않았다.

"크아악! 이런 망할!"

간혹 곳곳에서 어이없는 비명이 터져 나왔는데, 그건 같은 정의회에게 공격당한 탓일 터였다. 자기가 정의회라고 밝히면 믿어 주지도 않을 뿐더러 옆에서 칼질을 해 댈 테니 함부로 밝히지도 못하고, 대충 싸웠다간 길을 막은 이들에게 칼을 맞는 것이다.

하여 서로 간에 필사적이라 양쪽 모두에서 사상자가 속출했다.

문제는 악록산을 포위한 정의회 무인들의 수가 의외로 많았다는 점이었다. 이미 정법행 이전부터 정의회에 포섭된 문파가 상당했다는 걸 생각해 보면 당연한 일이지만, 그렇대도 무엇을 얻겠다고 이렇게 많은 인원을 동원했는지 이해하기 힘들 정도였다.

"너무 많소!"

화산파는 북리검선의 실종에 대한 진실을 파헤치기 위해서라도 살아 나가야 했다. 그런데 앞을 막은 이들이 끝이 없었다.

이쪽의 숫자는 계속해서 줄었고 상대는 계속해서 충원이 되었다.

개인적으로 악록산을 찾아왔던 노고수가 탄식했다.

"독룡이 힘들게 길을 열어 주었거늘, 금강천검의 수가

한발 앞서 있었구나! 이토록 포위망이 두꺼울 줄은 상상도 하지 못하였다."

다른 무인들도 악다구니를 쓰며 싸우다 소리쳤다.

"힘 빠지는 소리 하지 마십시오! 살고 싶으면 싸워야지요!"

가장 앞에서 길을 열던 영귀와 손비도 자잘한 상처를 입고 피투성이가 되어 있었다. 심지어 지치기까지 했다.

손비가 영귀의 옆에서 달려든 정의회 무인의 목을 검으로 찔러 죽였다. 영귀는 고맙다고 말할 틈도 없이 손비에게 날아드는 칼들을 쳐 냈다. 영귀와 손비의 시선이 아주 잠깐 마주쳤다. 그것도 잠시, 둘은 다시 살기 위해 싸워야 했다.

사천에서 진자강을 따라온 젊은 무인들은 진저리를 쳤다.

"대체 얼마나 불러온 거야!"

북리검선과 검왕의 대결이 알려지고 성사되기까지 시간이 너무 길었다. 인근에서는 물론이고 다소 떨어진 지역의 문파들까지 동원할 수 있는 여유가 있었다. 그렇다고 해도 이 정도의 숫자는 너무 지나치다.

그때, 옆쪽에서 소란이 있었다.

"뭐야, 뭐!"

일행들을 막고 있던 정의회 이들이 무언가에 밀려서 대열이 붕괴되고 있었다.

펑! 퍼펑!

장력 터지는 소리가 나며 장에 맞은 정의회 무인들이 강까지 날려가 풍덩풍덩 떨어졌다.

듬직한 체격에 인자한 얼굴의 노인이 장력을 마구 날리면서 정의회 무인들을 쳐 내었다.

노인이 껄껄 웃었다.

"친구들! 산동에서 온 감충이외다. 아니 반갑소?"

화산파 제자들의 얼굴이 일그러졌다.

"감충? 산동사파의 인마 감충?"

휘리리리!

한 줄기 엷은 비단 천이 허공을 누비면서 정의회 무인들의 목을 휘감아 날려 버렸다.

외팔이인 미모의 중년 여인이 얇은 비단 천인 피견을 하늘거리면서 나타났다.

"산동요화!"

"여의선랑이다!"

산동사파의 대모 단령경이 사파의 무리 다수를 이끌고 반대쪽에서 길을 연 것이다.

단령경이 당황스러워하는 정파 쪽 이들을 보며 소리쳤다.

"나는 단령경일세! 본인, 지나던 길에 여러 친구들의 어려움을 보고 나섰네. 아직도 정사지간을 따질 기운이 있는 자는 필요 없으니 꺼지고, 그게 아니라면 본인의 친구들을 따라 산을 내려가시게!"

정파인의 입장으로 사파인의 도움을 받는다는 건 고민스러운 일이었다. 단순히 사파라는 딱지만 붙어도 무슨 짓을 저지를지 모르는 악인으로 느껴진다. 괜히 따라갔다가 잘못될 수도 있는 일이라 의심이 들었다.

감충이 또 껄껄 웃었다.

"개똥밭에서 굴러도 이승이 좋다고. 나 같으면 살고 보겠네. 싫으면 개밥이나 되고."

단령경과 진자강의 관계를 아는 영귀가 뒤를 보며 소리쳤다.

"산동은 독룡의 친구입니다!"

영귀가 손비에게 눈짓했다. 손비가 사람들을 이끌고 단령경이 열어 준 길로 향했다. 나머지들도 어쩔 수 없이 함께 이동할 수밖에 없었다.

단령경은 함께 가지 않고 뒤에 섰다. 산동 사파의 무인들이 뒤를 지키며 천천히 물러나는 중이었다.

영귀가 단령경에게 물었다.

"사천으로 가신다 들었는데 여길 어떻게 들르셨습니까?"

단령경이 답했다.

"사천으로 가던 중에 심상치 않은 움직임을 보았네. 정의회 소속 문파들이 대거 사람을 보내고 있더군. 혹시나 싶어 상황을 보다가 개입하였네."

단령경이 먼 너머를 쳐다보며 말했다.

"독룡이 걱정일세."

"선랑께서 우려하실 정도로 많은 숫자가 차출된 건가요?"

제아무리 북리검선과 검왕을 잡으려 그물을 친 거라 쳐도 지금의 숫자는 너무 많다.

다들 도망가면서도 이상하게 생각하고 있었다. 무슨 일이든 정도가 있고 상식 수준의 대응이 있다. 그런데 상식 밖의 과도한 인원을 동원한 것은 마치 수천 가지 악행을 저질러 전 무림의 공분을 산 무림공적을 쫓는 듯한 수준이다.

"금강천검은 그런 자일세."

단령경이 분노의 감정을 드러내며 말했다.

"자신의 욕망을 위해서라면 타인의 희생은 아랑곳하지 않네. 수백 명이든 수천 명이든 목적을 달성하기 위해서는 모두 소모시켜도 그만인 걸세. 자신이 성공할 수 있다면 전 강호를 제물로 삼아서라도 올라서려 하겠지."

단령경의 눈에 힘이 들어갔다.

"그는 자신의 처가, 곧 우리 단씨 가문을 강호의 역도로 몰아 멸문시켰네. 무공서와 단씨 가문의 재물을 손에 넣기 위해서! 그런 그가 다른 이의 죽음을 아까워나 하겠는가? 어림도 없는 소리지. 아마 독룡은 지금 굉장한 숫자에 둘러싸여 있을 걸세."

"그들은 부나방일 뿐입니다. 숫자로는 지금의 독룡 대협을 막아서지 못합니다."

"알고 있네. 독룡의 독공이 지고(至高)의 경지에 이르러 숫자로는 그를 감당할 수 없음을. 하나 그 많은 숫자의 정파인들을 죽인다면 후폭풍을 감당해야 하니 손쓰는 데 어려움이 있지 않겠는가."

영귀가 고개를 저었다.

"선랑께서 우려하시는 바는 알겠습니다. 그렇다면 독룡 대협은 걱정하지 않으셔도 됩니다."

단령경이 무슨 말이냐는 듯 영귀를 돌아보았다. 영귀가 자신 있는 표정으로 답했다.

"그분은 부나방들의 사정까지 보아 가며 손쓰기를 망설일 분이 아니니까요."

영귀를 가만히 바라보던 단령경의 입가에 작은 미소가 맺혔다.

"그렇군. 맞네. 독룡은 그런 사람이었지."

                    *   *   *

　후두두두둑!

　멀쩡하던 사람이 순식간에 피고름에 찬 핏덩이가 되어
사방에 흩어지는 광경이었다. 바닥에 핏물이 흥건하고 육
편이 난무하며 조각 난 병장기들이 아무렇게나 널브러져
있었다.

　그것이 흔히 말하는 삼류 수준의 일반 무인들뿐이었다면
그렇게 놀라지도 않았을 것이다.

　그런데 거기에는 제법 실력이 있는 자들이나, 고수라고
할 수 있는 이도 섞여 있었다. 심지어 명문정파의 고수들조
차도 수라멸세혼의 수라경에 긁히면 즉시 피고름으로 녹아
죽었다. 백리가에서 왔다는 고수들도 예외는 없었다.

　오직 수라경에 긁힌 자신의 팔다리를 즉시 잘라 낸 강인
한 정신력을 가진 자만 소수 살아남았을 뿐이다.

　철벅.

　진자강은 수십 명이 흩뿌린 피를 밟으며 정의회 무인들
쪽으로 다가갔다.

　물러나지 않고 있는 무인들에게 수라경을 던지려 손을
들었다.

　수라경이 하늘거리며 떠올랐다.

　108 수라전설 독룡

흠칫! 정의회 무인들의 표정이 굳었다.

진자강에게 한칼 먹이고 말고의 문제가 아닌 것 같다는 생각이 든다. 진자강에게는 제대로 접근도 하지 못했다. 대신 자신들만 우후죽순으로 죽어 나갔다.

진자강은 수라경을 바로 뻗어 내지 않았다.

수라경의 길이가 제각각이다. 하도 뼈와 병장기들을 긁어 대서 끊기고 거칠어져 있었다. 사람의 피와 기름이 너무 엉겨 붙어서 무뎌져 있다. 검기에라도 한번 부딪치면 끊겨 나갈 터였다.

진자강은 수라경을 띄운 채로 무인들을 향해 걸어갔다.

무인들이 주춤거리며 조금씩 물러섰다. 누군가 고수가 한 번은 막아 주어야 자신들이 같이 덤벼 한칼을 먹이든 덤비든 할 수가 있다.

그런데 앞에서 물러나다가 발이 미끄러져 넘어진 자가 있었다.

"흐어억!"

어디의 제자인지도 모르는 얄팍한 인상의 남자가 칼까지 놓치고 엉덩방아를 찧었다. 남자는 바로 앞까지 다가온 진자강을 보고 바로 엎드려 고개를 조아렸다.

"살려 주십시오! 제발 살려 주십시오, 대협!"

진자강은 남자를 잠깐 내려다보았다가 그냥 지나쳤다.

남자가 덜덜 떨고 있다가 진자강이 지나가자 고개를 들었다. 전신이 피로 물든 진자강의 등이 눈에 들어왔다.

남자는 갈등했다. 진자강이 발도 절고 힘없이 비틀거리는 모습도 유혹을 더욱 강렬하게 만들었다. 누가 봐도 아파서 쓰러질 것 같은 사람이다.

꿀꺽.

남자는 마른침을 삼켰다가 이를 악물었다. 천천히 떨어뜨린 칼의 손잡이를 잡고 소리가 나지 않게 몸을 일으켰다. 진자강의 등은 완전한 무방비였다.

남자는 소리 없이 진자강의 등 뒤에서 칼을 치켜들었다.

이대로, 이대로 내려치기만 하면! 백 냥이 아니라, 운 좋으면 황금 천 냥이……! 소속 문파에 돈을 주지 않고 자신이 다 가지면 무려 이천 냥이!

남자의 눈이 탐욕에 차 크게 치켜떠졌다.

그런데 남자가 자신의 칼을 바닥에 떨어뜨렸다가 주운 탓에 칼의 손잡이에 묻어 있던 피 한 방울이 미끄러지며 떨어졌다.

남자의 눈이 떨어지는 핏방울을 향했다.

핏방울이 바닥에 떨어져 작은 파문을 일으켰다.

똑…….

"……!"

남자의 눈동자가 경련을 일으켰다.

남자가 눈동자를 들어 진자강을 보았다.

진자강이 어느샌가 고개를 돌려 남자를 쳐다보고 있었다. 진자강과 눈이 마주친 남자는 전신의 털이 쭈뼛 서 버렸다. 순식간에 얼굴에 땀이 배며 몸이 굳었다.

진자강이 팔을 들어 무언가를 당기는 시늉을 했다.

"끅?"

남자는 그제야 눈에 보이지 않는 실이 자신의 목에 감겨 있다는 사실을 깨달았다. 지금 건 것이 아니다. 이미 자신을 지나갈 때에 걸어 두었던 실이다.

"대, 대혀……!"

남자가 급하게 외쳤지만, 이미 진자강이 주먹을 꽉 쥔 뒤였다.

우지직!

수라경이 무뎌져 남자의 목이 거칠게 뜯기며 굴러떨어졌다.

진자강은 수라경의 고리를 벗어 던졌다. 그러곤 대신 바닥에 떨어진 칼 두 자루를 들었다.

손잡이에 묻은 피를 슥슥 문질러 닦고 손에 쥐었다.

진자강의 시선이 앞을 막은 정의회 무인들을 지나 그들의 뒤에 서 있는 백리중을 향했다.

진자강이 칼을 들어 백리중을 가리켰다. 그러곤 가로막은 무인들을 쭉 가리켰다.

"돈, 못 받을 겁니다."

아까도 한 말이다.

자신이 백리중을 죽이면 돈 못 받을 거라고.

그런데 아까와 어조가 조금 달라서 어리둥절한 느낌이 있었다.

정의회 무인들은 진자강의 칼끝이 향하는 것이 자신들임을 보고 그제야 깨달았다.

돈을 못 받는 경우는 백리중이 죽었을 때뿐만이 아니다.

자신들이 죽었을 때도 돈을 받지 못하는 것이다!

수백 명을 다 죽이겠다는 무지막지한 진자강의 기백.

정의회 무인들은 오금이 저려 옴을 느꼈다.

방금의 한 명까지 꼼꼼하게 죽이는 걸 보면, 자신들이 여기서 정말로 살아 나갈 수 있을지 자신이 없어진다.

분위기가 싸해졌다.

단 한 명의 기백에 수백 명이 기가 죽었다.

"네 이노옴!"

참다못한 공동파의 노고수가 흰머리를 휘날리며 나섰다.

"네놈이 감히 강호 알기를 우습게 아는구나! 젊은 나이에 고강한 무공을 얻었다고 눈에 뵈는 것이 없는가!"

진자강은 차갑게 노고수를 쳐다보았다.

"뉘십니까."

욱!

노고수의 얼굴이 일그러졌다.

진자강의 방금 그 한 마디가 노고수의 자존심을 짓뭉갰다. 그만큼 존재감이 없거나, 자신에게 견줄 수준이 아닌데 왜 끼어드느냐는 투가 아닌가!

"노부는 공동파의……!"

"됐습니다."

진자강은 노고수를 향해 칼끝을 까딱거렸다.

"거기 있는 걸 보면 대충 어떤 자인지 알겠습니다. 덤비십시오."

노고수는 얼굴이 벌게졌다. 저 도발에 넘어가자니 진자강의 말을 듣는 것 같아 기분이 나쁘고, 도발을 무시하자니 진자강이 무서워 가만히 있는 꼴이 되지 않는가!

그야말로 말 몇 마디에 기분이 오락가락하며 감정이 상했다.

노고수가 분노하여 도를 들고 달려들며 소리쳤다.

"노부가 한낱 강호의 필부라도 그 같은 모욕을 받고는 참지 못하겠구나! 네 이노오오옴!"

노고수의 도에 도기가 어리며 힘차게 광망이 뻗었다. 수천 번, 수만 번을 휘둘러 온 도의 궤적이다. 도기가 진자강을 수직으로 갈랐다.

진자강이 칼을 들어 똑같이, 똑같은 궤적으로 힘껏 그어 내렸다. 오랜만에 사용하는 보삼문의 도법 대갈호기다. 진자강의 내공을 감당하지 못한 범도(凡刀)에 금이 쩍 생겨났다. 도기는 없으나 도기가 실린 노고수의 도보다 훨씬 더 무거웠다.

콰장창!

똑바른 궤적에서 부딪친 노고수의 도기가 깨지고 도가 그대로 부러져 나갔다. 진자강의 도는 이미 금이 가 있었던지라 그대로 폭사하듯 터져 나갔다.

퍼퍼퍼퍽!

"크억!"

깨진 도의 파편이 노고수의 전신에 박혔다. 죽을 정도의 치명상은 아니다. 그러나 내공에서 밀리며 받은 충격이 노고수를 꼼짝 못 하게 했다.

진자강은 깨져서 반이 날아간 칼을 치켜들어 노고수의 심장에 찔러 박았다. 노고수가 피를 뿜으며 무릎을 꿇었다.

진자강은 반대쪽 칼로 노고수의 목을 쳤다.

정의회 무인들은 소름이 끼쳤다. 어차피 심장이 파열되어 죽을 텐데 굳이 확실하게 목을 치는 진자강의 태도. 그것은 일말이나마 진자강에게서 살 수 있지 않을까 생각하는 이가 없게 만들었다.

진자강이 다시 널려 있는 병장기를 하나 주웠다. 그러곤 정의회 무인들 중 한 명을 가리켰다.

"거기 있는 분도 내게 뭔가 하고 싶은 말이 있었던 듯합니다만."

무인은 사색이 되어 자기도 모르게 도리질을 쳤다.

"아니요! 아니요! 그런 적 없습⋯⋯."

무인은 말을 끝내지 못하고 목이 날아갔다.

그 무인의 목을 친 것은 진자강이 아니라 그 뒤에 있던 다른 자였다.

"이런 비겁한 자는 죽어야 마땅하다! 도대체 뭣들 하는 건가! 어른 수백이서 애송이 한 명을 앞에 두고. 이래서야 어찌 정의회가 강호에 백도수호의 기틀을 세울 수 있을까!"

장년의 고수인데 좀 전의 노고수보다 무위가 높아 보인다.

그러나 진자강은 이번엔 누구냐고 묻지도 않았다.

"⋯⋯."

그냥 빤히 장년의 고수를 쳐다보기만 했다.

"……."

"……."

정의회 무인들은 묘한 기분을 느꼈다.

특히나 장년의 고수는 더 당황스러웠다.

방금은 누구냐고 물어놓고 이번에는 왜 묻지 않는가?

진자강이 누구냐고 물어야 다시 이쪽에서 말을 할 수 있는 것이고, 그래야 대화가 오가지 않겠는가. 아무것도 묻지 않는 자체가 장년 고수를 매우 민망하게 만들었다.

방금 자신의 편 목을 치기까지 했는데 말이다!

진자강이 가만히 있는 바람에, 그가 무슨 말을 하고 어떤 행동을 하려는지 궁금해하던 정의회 무인들의 눈빛이 바뀌기 시작했다.

그리고 보니 저자는 뭔데 같은 편의 목을 함부로 치는지?

장년의 고수는 마른침을 삼켰다. 왠지 궁지에 몰린 건 자신인 듯했다. 장년의 고수가 당황하여 자기가 먼저 말을 하려 했다.

그러나 조금 전 진자강이 노고수의 대답을 막았던 게 생각났다.

이번에도 됐습니다, 라고 해 버리면 자신은 변명이나 하려다가 그나마도 못한 멍청이가 되고 만다.

"으윽……."

장년의 고수는 함정에 빠진 기분이 들었다.

'뭐지 이게!'

식은땀이 났다.

뒤늦게 알 것 같다. 지금 이곳의 분위기는 진자강이 완전히 틀어쥐고 있다. 그래서 단순한 침묵으로도 수백 명을 좌지우지할 수 있는 것이다.

이런 치밀한 심계를 가진 독룡 앞에서 자신이 대체 뭘 하려 나선 것인가?

다행히도 그를 살린 건 백리중이었다.

"형제들이여!"

분위기가 거기서 더 망가지면 오합지졸처럼 무너질 걸 안 백리중이 묵직한 어조로 화제를 돌렸다.

"오늘 이 자리……. 저 한 명의 악한 자에게 우리 모두가 뼈를 묻게 될지도 모르겠소이다. 하나! 강호의 정의가 사라지지 않았음을, 우리가 보여야 할 것이오. 그것이 지금을 살아가는 우리 백도인들의 몫이외다."

백리가의 고수들이 소리쳤다.

"옳소!"

"우리가 해야 할 일이오!"

백리중의 한마디는 그나마 꺼져 가던 불씨를 다시 살렸

다. 정의회 무인들이 아랫입술을 깨물고 진자강에 대한 전의를 불태웠다.

하나 진자강이 그 말을 비웃었다.

"이번엔 있지도 않은 정의에 호소하는 겁니까. 돈으로는 안 되겠습니까?"

정의회 무인들이 소리쳤다.

"돈이 우선이 아니다! 너 같은 살인광은 강호를 위해 죽어야 한다!"

"우리가 다 죽더라도 또 우리의 형제들이 있다!"

"우리의 제자들이, 선배들이! 백도의 씨가 마르지 않는 한 그들이 계속해서 우리의 뒤를 이어 너를 칠 거다!"

꿈틀.

진자강의 눈썹이 움직였다.

방금의 그 말들이 진자강의 역린(逆鱗)을 건드렸다.

진자강이 조용히 되물었다.

"당신들을 죽이면…… 당신들의 사부와 형제들, 제자들이 나선다…… 그런 겁니까?"

"그렇다!"

"네놈이 죽을 때까지! 네놈과 당씨 일족이 모두 지워질 때까지 우리는 멈추지 않는다!"

진자강의 눈이 크게 떠졌다. 전신의 상처에서 흘러내리

던 핏방울이 거꾸로 몸을 타고 올랐다. 머리칼이 치솟았다.

살기가 바늘처럼 사방으로 날아갔다.

"앗!"

가까이에 있던 정의회 무인들이 놀라서 팔을 들었다.

따끔!

정의회 무인들의 드러난 팔다리에 빨간 점이 생겨났다. 금세 실 같은 피가 흘렀다.

"뭐, 뭐야!"

혹시나 암기를 맞았나 해서 문질러 보면 피만 번질 뿐 아무것도 없었다.

하지만 정의회 무인들은 바늘이 수천, 수만 개가 날아오는 것 같아 버틸 수가 없었다. 계속해서 뒤로 뒷걸음질을 쳤다.

살기다.

진자강의 살기다.

진자강의 살기가 극도에 이르렀다. 마침내 살기가 그 모든 것을 뛰어넘고 유형화되어 실체적인 피해를 입히고 있는 것이다!

정의회 무인들은 경악했다. 살기가 몸을 상처를 입힌다는 건 듣긴 했어도 본 적은 없었다.

진자강이 말했다.

"누군가는 그러시더군요. 애먼 사람들이 피해를 입지 않도록 제도를 고쳐야 하고…… 오염된 자들만 모아 죽이고……. 그런데 말입니다."

진자강은 잠깐 말을 끊었다가 이었다.

"나는 상관없습니다."

진자강이 섬뜩한 눈으로 이를 드러내며 말했다.

"다 죽이겠습니다. 당신들을 죽이고, 사부와 형제들이 오면 그들도 죽일 겁니다. 강호에서 당신들의 뒤를 이을 자들이 모두 사라질 때까지."

*　　　*　　　*

"으아아아!"

"죽어—!"

"크아악!"

비명과 고함, 함성이 마구 어우러졌다.

지옥도를 방불케 하는 광경이 펼쳐지고 있었다. 팔다리가 튀고 핏물이 웅덩이가 되어 흘렀다.

사람이 너무 많아 죽어서 쓰러진 시체가 걸림돌이 될 지경이었다.

진자강도 사람들의 시체에 파묻혔다가 밀치고 올라와 다시 싸웠다. 죽이고 죽였다. 뻘건 피로 도배되어 누가 누군지도 알 수 없을 지경이었다. 죽이는 쪽은 진자강이고 죽는 쪽은 정의회로 구분될 뿐이다.

진자강은 이 나간 칼을 휘둘러 눈앞에 보이는 팔을 끊고 부러진 창대로 상대의 배를 찔렀다. 팔꿈치로 뒤를 쳐 턱을 부수고, 바닥에 기어오는 상대의 머리를 밟아 터뜨렸다.

누군가 진자강의 허리를 살짝 베었다. 피도 새어 나오지 않을 정도의 작은 상처였다. 그러나 그때 독무가 출렁였다.

"우아악!"

허리를 벤 자는 독무에 눈이 닿아 비명을 지르며 뒷걸음질을 쳤다. 진자강이 몸을 돌려 그자를 따라갔다. 다른 무인들이 진자강을 향해 칼질을 해 댔다. 진자강은 피하고, 막고, 일부는 튕겨 내면서 끝까지 따라갔다.

"으아아 으아아아!"

비명을 지르던 자의 팔이 진자강에게 잡혔다. 진자강은 팔을 당겨서 그의 목에 깨진 칼날을 박았다. 비명을 지르던 자의 목에서 부글부글 피가 끓어 넘치며 조용해졌다.

진자강은 피를 뒤집어쓴 혈인이 되어 있었다. 물론 대부분은 타인의 피지만 진자강도 몇 번 베이고 찔리기도 했다.

그러나 진자강을 베었다고 좋아하는 이들도 없었다. 악다구니처럼 살아남기 위해 기를 쓸 뿐이다. 진자강을 죽이지 않으면 자신이 죽을 테니, 죽지 않기 위해 진자강을 죽여야 한다. 진자강의 몸을 맴도는 독무를 피하면서 진자강을 쳐야 한다.

죽음과 죽음이 맞닿은 공간이었다.

한 걸음, 아니 한 치만 잘못 움직여도 순식간에 생에서 죽음으로 넘어간다.

벌써 그렇게 이백 명, 삼백 명이 생사의 경계선에서 죽음 쪽으로 넘어가 버렸다.

촤아악!

혼전을 벌이고 있는 진자강의 머리 위로 추와 칼날이 잔뜩 박힌 그물이 쏟아졌다. 진자강을 비롯한 다른 무인들까지도 한꺼번에 그물에 덮였다.

"으악!"

무거운 추가 달려 있어 그물이 덮이면서 칼날이 몸에 박혔다. 그물 안에 갇힌 정의회 무인들이 비명을 질러 댔다.

진자강도 어깨와 등짝에 칼이 박혔다. 이미 깨졌던 머리에도 칼이 긁고 지나가 굵은 핏물을 흘리게 했다.

"당겨!"

정의회 무인들이 그물을 당기자 그물이 오므라들어 걸린 이들이 고통스럽게 소리쳤다.

　"으아악!"

　그러나 진자강은 버티고 서서 양손으로 그물을 잡았다. 가느다란 철 실을 수십 가닥 꼬아 만든 질긴 쇠 그물이 팽팽하게 당겨졌다.

　피이잉! 쇠 그물이 진자강의 내공에 버티다 못해 툭툭거리며 뜯어지면서 끊겨 나갔다.

　"죽어라!"

　긴 창을 든 이들이 진자강을 공격했다. 자신의 편들이 엉켜 있음에도 함께 꿰뚫어 버렸다. 지금은 그런 걸 따질 때가 아니었다.

　진자강은 뜯겨 나간 그물로 사면에서 들어오는 창을 휘감았다. 그러곤 반대쪽 팔뚝으로 그물 위를 내려쳤다.

　빠— 직!

　열 대가 넘는 창대가 그물에 엉켜서 모였다가 한꺼번에 부러졌다. 진자강은 부러진 창들을 뽑아 던졌다. 암기처럼 날아간 창끝이 무인들의 몸에 퍽퍽 틀어박혔다.

　"이야아아!"

　한 명이 용감하게 진자강의 앞을 가로막고 몸을 날려 진자강의 뺨을 주먹으로 쳤다.

뻐억! 진자강의 고개가 아주 살짝 돌아갔다. 권법이 장기인 듯 무인이 진자강의 턱과 관자놀이를 연속으로 후려쳤다. 진자강은 고개를 뒤로 잠깐 뺐다가 그대로 무인의 얼굴을 들이받았다.

뼈 부서지는 소리와 함께 무인의 얼굴이 주저앉았다. 진자강은 그물로 무인의 목을 졸라 확실하게 숨통을 끊었다. 그물에 같이 엉킨 자 중에 바닥에 있던 자가 진자강의 발목을 단도로 그었다. 진자강은 단도가 닿기가 무섭게 아래로 독장을 쏘아 냈다.

뻐엉! 머리가 터지면서 진자강의 발아래에 끔찍한 잔해들이 퍼졌다. 같이 엉켜 있던 무인들 십수 명이 비명을 지르며 아우성을 피웠다.

"으아아!"

"으아아아!"

그러나 그물에 엉켜 달아날 곳이 없었다.

진자강이 양 주먹을 꽉 쥐고 힘을 주었다. 전신의 핏줄이 도드라지게 튀어나왔다.

진자강의 몸에서 피가 새어 나오며 독무를 일으켰다. 시뻘건 혈독무가 진자강을 감쌌다. 그물에 함께 걸려 있던 이들이 아우성을 치면서 그물을 빠져나가려 했다.

"살려 줘! 살려 줘!"

"이 그물 좀!"

그러나 그물을 벗어날 수 없었다.

독무가 점점 진해져 그들의 모습을 가렸다.

그리고 잠시 뒤에 독무가 사라졌을 때, 거기에는 사람의 형체라곤 남아 있지 않았다. 사람이었던 듯한 피고름의 덩어리들이 바닥에 잔뜩 깔려 있고, 진자강은 아무렇지 않게 그물을 들어 젖히며 나오고 있었다.

정의회 무인들은 이를 악물었다. 소름이 끼쳤다. 저런 상대를 어떻게 이긴다고?

반수가 넘게 줄었다. 근 오백 명이 넘던 수가 이백 명도 남지 않았다.

진자강이 남은 무인들을 바라보았다.

무인들은 흠칫 몸을 떨었다.

피비린내에는 무감각해져도, 잔혹함에는 무감각해져도…… 진자강의 저 눈빛에는 익숙해질 수가 없었다.

그런데.

누군가가 소리쳤다.

"회, 회주가 보이지 않는다!"

없었다.

"뭐야……."

"어디 갔어!"

백리중이 보이지 않았다.

백리가에서 온 이들도 없다.

진자강은 진작에 백리중이 남궁락이 있는 쪽이 아닌 반대쪽으로 달아난 걸 보았다. 백리중은 남궁락에게 달려가 인질로 삼겠다는 생각조차 하지 않았다. 그랬다가는 진자강이 쫓아올 걸 알았다. 그래서 반대로 달아난 것이다.

정의회 무인들은 이제 자신들이 버려졌다는 걸 깨달았다.

앞에서 다가오는 사신은 결코 멈추지 않을 것이고, 자신들은 여기에서 죽을 것이다.

아까는 그러니까 싸워야 한다고 생각했으나…… 이제는 달아나는 쪽이 더 살 확률이 높다는 걸 알았다.

무인들은 달아났다.

최대한 살기 위해 거추장스러운 건 다 버렸다. 다친 동료도 버리고 무기도 버렸다. 시신조차 남지 않도록 끔찍하게 죽고 싶지는 않았다.

진자강은…….

그들을 쫓지 않았다.

가만히 서서 지켜보기만 했다.

갑자기 생각이 들었다.

저들이 모두 살아나서 자파로 무사히 돌아가게 된다면

무슨 얘기를 하게 될까.

백리중의 비겁함을 토로하고 자신들을 버렸다는 걸 말하고 다니게 될까, 아니면 진자강의 잔인함을 성토하게 될까.

아마도 후자일 터.

진자강은 더욱더 강호의 공적으로 몰리고, 백리중이 아닌 다른 누군가가 나타나 남은 이들을 끌어모아 진자강을 치자고 선동할 것이다.

저들은 오염되었다.

기존의 불합리함에 익숙해져 새로운 기준을 받아들이지 못하고 아직도 욕심에 붙들려 있다. 백리중을 대신할 다른 자가 대체재로 나타나면 그쪽으로 붙을 것이다.

그러니, 저들이 달아난다고 해서 살아날 수 있을까. 달아난다고 자신의 운명에서 벗어날 수 있을까.

그래서 진자강은 달아나는 이들을 쫓지 않았다.

이미 백리중이 자파의 고수들을 이끌고 몰래 달아난 것을 보았으면서도 그냥 둔 것 역시 같은 이유였다.

진자강은 모두가 달아날 때까지 지켜보았다.

부상을 입은 자들은—거의 없었지만— 그나마도 모두 찾아 죽였다.

이제 진자강은 홀로 서서 생각에 잠겼다.

한참 동안.

온 천지가 피에 물들어 있었다. 살아 움직이는 것이 진자강 외엔 아무것도 없었다. 풀벌레와 새소리도 들려오지 않았다. 그래서 역설적으로 굉장히 고요하고 평화로웠다.

굳이 말소리를 내어 평화를 깨는 것조차 어색할 정도였다.

한참을 무언가 생각에 잠겨 있던 진자강은 곧 몸을 돌려 남궁락에게로 돌아갔다.

*　　*　　*

남궁락과 싸우던 정의회 무인들은 진자강을 보자마자 달아났다.

본진과 다름없는 숫자와 싸우고 피 칠갑을 한 채 돌아온 걸 보면, 어떻게 된 일인지 뻔하지 않은가!

남궁락은 만신창이가 되어 주저앉을 뻔했다.

그러나 노협객답게 그런 모습을 보이지 않았다. 검을 지팡이 삼아 몸을 기대고 섰다.

남궁락이 거친 숨을 몰아쉬며 진자강을 쳐다보았다.

"지독하구만. 아니, 엄청나다고 해야 하나."

엄청난 피에 몸을 적신 진자강이 인간의 모습으로 생각되지 않았다.

"금방 온다더니?"

"생각할 게 좀 있었습니다."

말투마다 얄밉지만 진자강이 생각할 게 있었다면 결코 작은 일로는 느껴지지 않았다.

"그게 무슨 생각인지 나도 듣고 싶군!"

오랜만에 듣는 단령경의 목소리.

단령경은 여전히 당당한 모습으로 빈 소매를 휘날리며 나타났다.

진자강이 물었다.

"여기서 뭐 하십니까?"

"저들이 갑자기 달아나기 시작하더니 포위망이 와해되었네. 그러니 무슨 일이 있는지 와 보지 않을 수가 있겠는가."

그러나 사실은 백리중 때문임을 진자강이 모를 리 없었다.

단령경이 남궁락에게 시선을 돌렸다.

노협객과 사파의 대모가 만났다. 기묘한 분위기가 흘렀다.

단령경이 먼저 한 손을 가슴에 세워 반장했다.

"산동의 단모, 검왕을 뵙습니다."

남궁락은 길게 숨을 몰아쉬더니 꼿꼿하게 허리를 세우고 서서 포권했다. 다리가 부러지고 깊은 검상을 입은 사람이라고는 보기 어려운 의연한 태도였다.

"남궁락일세. 이렇게 만나는 건 처음이로군."

말투는 딱딱했지만 굳이 적대하는 투는 아니었다. 해월 진인의 곁에서 오랜 세월을 있었으니 단령경에 대해 모르는 바 아니다.

짧은 인사를 끝낸 단령경이 진자강을 쳐다보며 물었다.

"그자는 어떻게 됐지?"

"놓쳤습니다. 정의회를 방패로 달아나더군요."

"흥. 끝까지 더러운 작자로군."

단령경이 다시 물었다.

"앞으로는 어떻게 할 생각인가?"

전 중원이 진자강을 적대시할 것이다. 어쩌면 없는 죄까지 엮어서, 이를테면 북리검선을 진자강이 해쳤다거나 하는 식으로 몰아갈 수도 있다.

"강호 돌아가는 일에 관심은 있습니다만, 지금은 그것보다 다른 일을 먼저 해야 할 것 같습니다."

"다른 일이 있다?"

남궁락도 호기심을 가졌다. 진자강이 왜 자기에게 그런 걸 묻느냐는 듯 되물었다.

"본가로 돌아가지 않으실 겁니까."

남궁락의 표정이 어두워졌다.

"으음."

백리중은 대불이 남궁가를 치고 있다 했다. 허풍은 아닐 것이다.

당연히 돌아가 구해야 한다.

그러나…… 이 꼴이 되어선 대불을, 소림사를 상대할 수 없다.

남궁락은 이를 질끈 깨물었다.

진자강이 다시 물었다.

"얼마나 버틸 수 있습니까."

"뭐가 말이냐."

"소림사에 항복하지 않고 저항한다면."

"어쩌려는 것이냐?"

"남궁가가 얼마나 버티겠습니까. 그거나 말해 주십시오."

"본가를 어찌 보고 그러느냐! 남궁가는 사라질지언정 꿇지 않을 것이다."

"사흘은 버티겠습니까?"

악록산에서 황산까지 천팔백 리.

경공으로 적당히 재촉해도 칠 주야는 달려야 한다.

그런데 사흘이라니?

남궁락의 미간이 좁혀졌다.

"너 설마……."

진자강은 남궁락보다 더 외상이 많다.

그런데…….

"시간 없습니다. 버티겠습니까. 못 버티겠습니까."

"도대체 무얼 할 셈이냐!"

진자강이 눈으로 흘러든 피를 닦으며 말했다.

"제가 뭘 하겠습니까. 대불을 만나러 가려는 겁니다."

第四章
포식자(捕食者)

남궁락은 놀라서 진자강을 쳐다보았다.

"대불을 설득할 생각 따윈 하지 말거라! 만일 얘기가 잘못되면, 대불은 반드시 무력을 사용할 것이다."

"대화로 안 된다면 저도 그렇게 할 생각입니다만."

남궁락이 이해가 되지 않아 당황스러운 표정이 되었다.

"그 몸으로?"

진자강의 몸은 만신창이다. 찢기고 베이고…… 내상을 입어 숨소리도 거칠다. 머리도 깨져서 계속 피를 흘리고 있었다.

그러니 남궁락이 보기엔 진자강이 무언가를 절대로 할

수 있는 상태가 아니다.

"당장 요양을 해도 시원찮은 판에…….."

"대불도 그렇게 생각하겠지요. 백리중이 확인해 줄 겁니다. 그가 분명하게 두 눈으로 제 상태를 보고 갔으니까."

진자강의 말에 남궁락은 입을 다물 수가 없었다.

대불이 허를 찔릴 것임에는 확실하다. 저런 상태로 자신을 찾아올 거라고는 누구도 생각하지 못할 것이다.

그러나 그건 어디까지나 진자강이 위협적인 경우에만 가능한 경우다. 저렇게 엉망인 상태는 아무런 위협이 될 수가 없다.

하지만, 남궁락은 그것이 만용이라고 말할 수는 없었다.

진자강은 지금껏…… 아니, 지금보다 더 심한 사지에서도 살아 나온 역전의 고수다. 그런 수라에게 노파심에서조차 무어라 말하는 것은 쓸모없는 간섭이고 시간 낭비였다.

남궁락은 아주 잠깐 고민하고는 말했다.

"나한승들은 막을 수 있다. 그러나…… 만일 대불이 직접 나선다면 이틀을 버티기 힘들다."

진자강이 고개를 저었다.

"이틀이면 부족합니다."

남궁락은 침중한 표정으로 답했다.

"문을 꽁꽁 잠그고 기관진식으로 버텨야 겨우 그 시간을 벌 수 있다는 게다. 대불 범본은 섭수종 역사상 최고의 고수다. 기관진식이 열리면 이후로는 반나절도 어렵다."

천하에 기관진식으로 이름난 남궁가가 버틸 수 있는 시간이 겨우 이틀이라는 건 역으로 대불과 소림사의 무력이 얼마나 강한지 말해 주는 반증이었다.

"소림사의 마지막 행적이 산동이었습니다. 산동에서의 정법행을 마치고 되돌아가는 도중이었으니 하루 이틀 내에는 황산에 도달할 겁니다."

진자강은 말없이 생각에 잠겼다.

그러다가 다시 고개를 저었다.

"소림사가 황산에 도착하기까지 이틀, 그리고 거기에 더해서 이틀 반이면 다 해도 닷새가 되지 않습니다. 시간이 부족할 것 같습니다."

"어차피 닷새가 된다고 해도 마찬가지다. 천팔백 리의 거리를 밤낮없이 힘껏 달리면 닷새 안에는 갈 수 있다. 그러나 그렇게 달리고 나면 내공이 고갈되어 싸울 수가 없다."

"그렇습니다."

"하면 사흘을 버틸 수 있다고 해도 무엇이 달라지겠느냐."

"남궁가를 구할 수 있느냐, 없느냐가 달라집니다."

남궁락은 진자강의 무거운 어조에 가슴이 철렁 내려앉았다.

"한 가지 여쭤보고 싶습니다."

"말해 보거라."

"굴욕을 참으실 수 있겠습니까?"

"굴욕을?"

진자강이 충격적인 제안을 했다.

"본가에 투항하라고 전하십시오."

남궁락의 눈썹이 일그러졌다. 눈썹 끝이 수치로 떨렸다.

소림사에 투항한다고 받아 주지 않는다. 정의회에 돈을 내고 투항의 뜻을 전해야 한다.

"거짓 항복으로 시간을 벌란 말이냐? 일단 위기를 넘기고 후에 입장을 바꾸라?"

단령경이 조심스럽게 물었다.

"방금까지 죽자 사자 싸운 정의회가 남궁가를 받아 주겠는가. 만일 남궁가를 받지 않으면 항복도 자기들 입맛에 가려 한다는 말을 듣게 되긴 하겠지. 그러면 이후에 정의회에 투항하려는 문파들이 망설이게 될 테고. 하지만 금강천검 그자가 그런 데에 연연할지는 모르겠군."

"그럴 수도 있습니다만, 별로 상관없습니다."

남궁락이 굳은 얼굴로 말했다.

"상관없는 일이 아니지. 당장에는 넘어갈 수 있어도, 거짓으로 막은 구멍은 언젠가 점점 커져서 나중에는 막을 수 없게 된다. 그건 정의회뿐 아니라 본가에도 해당되는 얘기. 거짓으로 항복한다면 당장의 목숨은 부지할 수 있어도 가문의 정기가 흐려져 결국은 걸레짝이 되고 말 게다. 그렇게까지 해서 살아남을 수는 없다."

"아니, 그런 뜻이 아닙니다."

"그런 뜻이 아니라고?"

진자강이 물었다.

"남궁가는 오염되지 않았습니까?"

남궁락이 단호하게 말했다.

"장담할 수는 없다. 그러니 거짓 투항 같은 건 하지 않겠다는 것이다. 모조리 같이 죽는 게 낫지."

"장담할 수 없다면 더욱 투항하라 말을 전해야 합니다."

남궁락이나 단령경이나 진자강의 말에 의문이 들었다.

진자강이 자꾸만 거짓 투항을 하자는 이유를 이해하기가 어려웠다. 남궁락은 산전수전을 모두 겪고 강호의 크고 작은 음모와 간계 속에서 살아온 노고수다. 그런데도 진자강의 말을 쉬이 이해되지가 않는다.

"괜히 투항하라는 말을 전했다가는 내부에서 심각한 분

란이 생길 게다. 내가 보낸 전갈이 제대로 된 것인지도 의심스러워할 테고. 대불이 공격을 감행하고 있다면 하나로 똘똘 뭉쳐 싸워도 버티기가 어려운⋯⋯."

진자강이 말했다.

"분란이 생겨야 됩니다."

순간 남궁락은 깨달았다.

진자강은 남궁가를 의심하고 있다.

남궁가의 내부에 오염된 자가 있을 수도 있다 가정하고 있다.

만약에 외부와 내통하는 자가 기관진식을 발동시키지 않고 싸우자 선동한다면? 그래서 기관진식이 없이 밖으로 나가 대불과 싸우게 된다면?

그러니까 차라리 분란이 생기는 게 낫다. 그러면 적어도 의견을 합치는 동안은 기관진식을 발동하고 버티게 될 테니까.

남궁락이 진자강을 바라보았다. 어떻게 저 나이에 이리도 깊이 생각할 수 있단 말인가.

진자강이 다시 말했다.

"반나절. 이틀에 반나절을 더해서 사흘을 버티면 남궁가는 살 수 있습니다. 그러나 예측하신 대로 이틀 반밖에 버티지 못하면 남궁가는 구할 수 없습니다."

남궁락은 잠시 진자강을 보다가 말했다.

"사흘이란 시간을 벌어서 네가 무엇을 어떻게 할 수 있는지는 모르겠다. 다만 가는 김에 심부름 하나만 해 다오."

남궁락은 바닥에 떨어져 있는 창대를 주워 지팡이로 삼고 작하신검은 진자강에게 내밀었다.

"본 가 사람을 만나면 전해 줄 수 있겠느냐."

진자강은 받지 않았다.

"아까 내려간 남궁가의 제자들이 있지 않습니까."

"……아, 그랬지."

진자강이 왜 쓸데없는 말을 하느냐는 투로 남궁락을 쳐다보니, 단령경이 조용히 미소를 지으며 말을 거들었다.

"작하신검은 기력이 끊이지 않게 하여 주는 보검일세. 어르신의 배려이니 받아 두게. 짧은 시간이나마 작하신검을 사용하면 내상을 다스리는 데 큰 도움이 될 걸세."

진자강이 남궁락을 쳐다보았다. 그러나 여전히 받지 않았다.

"처음부터 그렇게 얘기하셨으면 굳이 누가 한마디라도 더 하는 수고를 덜지 않습니까."

"나이가 들면 대화 상대가 부족해서 똑같은 말도 괜히 빙빙 돌리고 하게 되는 법이다. 한마디라도 더 하고 싶어서. 그런데 왜 안 받느냐?"

"성히 되가져 온다고 장담 못 해서 그렇습니다."

"남궁가의 기술이 그리 우스운 것 같으냐."

남궁락이 가죽을 두른 작하신검의 손잡이를 손가락으로 쳤다. 가죽 안쪽으로 내공이 스며들어 갔다.

티잉.

안쪽에서 쇳소리가 울리며 검 전체가 울었다.

"슴베가 없이 손잡이까지, 검신부터 손잡이가 하나의 통철로 되어 있다."

쉬지 않고 내공이 흐르니 어지간한 내구력으로는 검이 버티지 못한다. 작하신검은 하나의 몸체로 만들어 내구력을 최대로 끌어 올리도록 제작되었다.

진자강은 그제야 작하신검을 받았다.

그때 남궁락이 단령경에게 양해를 구했다.

"우리 심부름꾼에게 작하신검 쓰는 방법을 좀 알려 주어야겠네. 불편해도 참아 주게."

"그러시지요."

단령경이 한발 물러섰다.

남궁락은 진자강을 보며 입술을 달싹이기 시작했다.

진자강의 표정이 살짝 굳었다. 남궁락이 말해 주는 구결은 단순히 작하신검을 다루는 방법이 아니었다.

남궁락을 검왕이란 자리에 오르게 만든 무공 절대만검.

그 절대만검의 초식 전체를 관통하는 주요한 원리였다.

절대만검은 자오성(自悟性)을 근간으로 한다.

자오성이란 대자연과 우주 만물의 기운이 본성의 자리를 찾아가려는 성질을 말한다. 우주 만물의 기운은 제아무리 어그러뜨리고 뒤틀어도 근본적인 상태로 돌아가기 위해 끊임없이 움직인다.

자오성은 늘 일관된 완성을 향하고 있으며 따라서 언제나 강한 기운을 품고 있는 것이다.

하여, 절대만검은 대자연의 기를 의도적으로 변형시켜 자오성을 발현시키며, 이는 마도의 수법처럼 역천의 기행(氣行)으로 대자연을 파괴하는 것이 아니라 대자연이 본래 가진 상태로 돌아가려는 힘을 끌어내기 위한 과정이다.

잊지 말아야 할 것은, 절대만검이 결코 느린 것이 아니라 대자연의 기운을 파괴하지 않기 위함이라는 점이다.

자오성!

그러니까 절대만검이 느리게 보이는 것은 착각이다. 실제로는 기수식 이전에 이미 주변의 공간을 완전히 장악한 상태다. 그 상태에서 강제로 공간을 억누르고, 대자연의 기운이 억눌린 공간을 원래대로 복원하려는 힘—자오성—

을 발현하기 시작하면 그 기운이 자연스레 검초에 실린다.

그러니 검초보다도 자오성의 힘이 먼저 나타나 검초가 느리게 보이는 것이다.

자오성의 기운이 발현하면 날카로운 초사검기가 먼저 발생하여 자오성의 시작을 알린다. 이어 침전기가 흘러들어 초사검기의 뒤를 받친다. 초사검기로 터파기를 하고 침전기로 토대를 쌓으면 공간에 대한 복원이 시작되어 풍사기가 어그러진 공간을 쪼개기 시작한다. 그리고 자오성이 정점에 오르면 고정검기로 쪼개진 공간들을 추슬러 본래의 모습으로 되돌린다.

이것이 절대만검이다.

구결과 해석을 모두 전수한 남궁락이 개운하다는 듯 얕게 숨을 내쉬었다.

"너라면 어떻게든 써먹겠지."

짧은 시간에 절대만검의 오의를 전부 이해할 수는 없다. 그러나 검후 임이언이 진자강에게 알려 준 발경의 확장기술이 수라멸세혼으로 발전했던 것처럼, 절대만검의 기본 원리가 진자강에게 새로운 깨달음이 되어 줄 수 있다.

"한 번으로 부족하면 한 번 더 읊어 줄까?"

"아뇨. 됐습니다."

"한 번 더 알려 달라고 했으면 도로 검을 가져가려 했다."

남궁락의 실없는 농담이 진자강에게 아주 작은 웃음을 맺히게 했다.

"제가 떠나면 사천으로 가십시오."

남궁가가 아니라 사천으로 가라 한다. 그것은 진자강이 남궁가의 생존을 전혀 보장하지 못한다는 의미이기도 했다.

"아무도 살아남지 못하겠느냐?"

"모르겠습니다. 다만, 남궁가에 투항하라는 말부터 최대한 빨리 전해 주십시오."

진자강은 남궁락과 단령경에게 인사하고 즉시 자리를 떠났다.

멀리에서 영귀와 손비가 되돌아와 기다리고 있었다.

뚝, 뚝.

진자강의 절룩이는 걸음 뒤에 진자강이 흘린 핏자국이 남았다.

저런 몸으로 대불을 만나러 가겠다니.

남궁락은 아직도 믿을 수가 없었다. 그러나 진자강이 가야 하는 이유는 이해했다.

"소림사의 정법행은 아군을 없애고, 정의회는 계속해서 적군을 늘린다. 금강천검이 오늘은 도망갔지만 정의회의 덩치가 더 커지면 그땐 더 감당하기가 힘들어지겠지."

그리고 그 안에 금강천검과 대불이 숨어 버리면, 그땐 그들이 보내는 수하들을 무한정 상대해야 한다.

오늘처럼.

"그러니 지금이…… 적의 수장을 치기에는 가장 적기지요."

단령경도 조용히 혼잣말을 했다.

"독룡은 부정할 수 없는 포식자로군요."

적의 덩치가 더 커지기 전에 잡아먹는다.

언제 어떻게 움직여야 상대의 머리를 잡아먹을 수 있는지 본능적으로 안다. 포식자로서의 생각에 익숙해져 있다.

남궁락은 단령경의 생각에 동의한다는 듯 고개를 끄덕였다.

*   *   *

"흐으으으…… 흐으윽!"

소름 끼치는 흐느낌이었다.

우는 것은 아니나, 마치 우는 듯한 기이한 소리를 내며 백리중은 머리를 감싸 쥐었다.

"이건 말도 안 돼…… 북리검선까지 넘어섰는데…… 놈 하나를 이길 수 없다고? 놈을! 놈을!"

백리중은 미친 사람처럼 바닥에 머리를 처박았다.

쾅! 쾅!

"흐으으! 흐으!"

그러는 중에도 입에서는 연신 흐느끼는 소리가 흘러나와 기괴하기 짝이 없었다.

뒤늦게 달아나서 산을 내려오던 정의회 무인들이 그 광경을 보았다. 백리가의 고수들이 자신들의 몸으로 백리중을 가려 막았다.

정의회 무인들이 술렁거렸다.

"저거 회주 맞지?"

"회주의 상태가 좀 이상한 거 아냐?"

백리중은 그러거나 말거나 계속해서 중얼거리면서 머리를 박아 댔다. 스스로 진자강에게 진 이유를 찾고 있는 것이다.

"놈의 개는 완전히 제어되고 있었다! 그런데! 그런데 왜 너는 원하는 대로 자유롭게 풀어 주었는데도 놈을 이기지 못해! 내게 속삭인 건 감언(甘言)이었느냐!"

쾅! 쾅!

"흐으으 흐으."

백리중이 머리를 좌우로 흔들거리는데 누가 봐도 미친 자였다.

정의회 무인들이 술렁이면서 주위에 모여들었다. 백리가의 고수들이 막아도 이젠 소용이 없었다.

흔들흔들.

"부족했나…… 마를 넘어서기에 뭔가가 부족했나……."

백리중이 중얼거렸다.

"우리 모두가 현세에서는 부처이자 마귀이자 수라요. 그러나 나는 현세에서 마도로써 공덕을 쌓아 정토에서 환생할 적에는 부처가 될 것이오."

백리중이 대불 범본에게 했던 말이다.

백리중의 고개가 삐딱하게 눕혀진 채 멈칫했다.

"그렇군. 마가 부족했나. 마도의 공덕이 부족했나. 스스로 완전한 마에 이르지 못하면 탈각할 수 없나."

백리중이 고개를 돌려 정의회 무인들을 쳐다보았다.

이미 한쪽 눈에 어려 있던 상서로운 기운은 사라지고 두 눈이 모두 거먼 기운을 흘려 내고 있었다.

"허어억!"

정의회 무인들이 놀라서 뒤로 몸을 젖혔다.

고개를 삐딱하게 돌린 백리중이 양손을 갈고리처럼 만들어 쥐락펴락했다. 손등과 팔뚝에 붉고 푸른, 그리고 검은 핏줄이 툭툭 불거져 거미줄처럼 징그럽게 전신에 퍼졌다.

"마도로…… 공덕을 더 쌓아야겠구나…… 완전한 마가 될 때까지……."

백리중이 중얼거리는 말을 들은 정의회 무인들이 소리를 질렀다.

"뭔가 잘못됐어!"

순간 백리중이 정의회 무인들에게 뛰어들었다.

"으아아악!"

콰드득!

뼈가 으스러지는 소리가 나고 피가 튀었다.

기겁한 정의회 무인들이 마구 외치면서 사방으로 달아나기 시작했다.

"회주가 미쳤다!"

"회주가 주화입마에 빠져 광인이 됐다!"

백리가의 고수들이 급하게 소리쳤다.

"잡아! 한 놈도 달아나지 못하게 잡아서 모두 죽여 입을 막아!"

                    *   *   *

　영귀가 진자강을 안고 인근 객잔까지 경공으로 달렸다.

　손비가 부러운 듯, 뒤를 따라왔다.

　진자강은 객실에 도착하자마자 씻지도 않고 서신부터 작성했다.

　"무슨 서신이죠?"

　영귀의 물음에 진자강이 답했다.

　"대불에게 갈 서신입니다."

　진자강이 봉인을 하지 않고 건네주었으므로 영귀는 내용을 볼 수 있었다.

　영귀는 처음엔 갸웃거렸다가 이내 눈이 휘둥그레졌다.

　"네에?"

　진자강이 물었다.

　"이틀 안에 대불에게 도착하게 할 수 있습니까? 대불은 황산으로 가고 있습니다."

　"나살돈의 외부 연락망을 이용하면 전서구로 어떻게든 보낼 수 있을 거예요. 하지만……."

　영귀가 갑자기 따지듯이 물었다.

　"근데 지금 이거 진심으로 쓴 거 맞아?"

　남들 앞에서는 가급적 반말을 하지 않는 영귀였는데 너

무 당황했는지 손비 앞에서 말을 놓기까지 했다.

손비가 궁금함을 참다못해 와서 읽었다. 그러자 손비도 영귀처럼 눈이 커졌다. 말을 못 하고 입만 벙긋거리며 진자강을 쳐다보았다.

영귀가 고개를 세차게 털더니 기묘한 표정이 되어 말했다.

"정말 이런 내용으로 보내도 될지 모르겠는데……."

"됩니다. 그리고 내가 봉인을 하지 않은 이유는."

"이젠 알겠어. 소문을 내란 뜻이겠지."

"그렇습니다. 시간이 부족하겠지만 최대한 소문을 내야 합니다."

"알겠어."

손비가 자꾸 반말을 하는 영귀를 희한한 듯 쳐다보자 영귀가 말투를 바꿨다.

"아, 알겠어, 가 아니라…… 알았어요. 그럼 당가의 지부에도 연락해 두겠습니다. 시간이 급하니 소문의 근원지에 대한 추적을 막진 못합니다. 대불은 소문의 근원지가 당가라는 걸 금세 알게 될 거예요."

"알겠습니다."

사안이 촉박한지라 영귀는 바로 객잔을 나갔다.

진자강은 손비에게 부탁했다.

"소저께는 염치없는 부탁을 해야겠습니다. 나와 함께 무한까지 가 줄 수 있겠습니까? 위험한 길이 될 수도 있습니다."

무한?

황산이 아니라?

무한까지는 천 리 거리다. 황산으로 가는 것보다 훨씬 가깝다.

황산까지 천팔백 리 길을 어떻게 닷새 안에 가느냐 생각했더니 애초에 진자강은 황산으로 갈 생각이 없었던 것이다.

손비는 곧 고개를 끄덕여 승낙했다. 대신 사부인 임이언에게도 알려 달라고 손가락으로 탁자에 글씨를 썼다.

"잠시만 이곳에서 쉬다가 출발하도록 하겠습니다."

손비는 진자강이 운기요상을 할 준비를 하자, 호법을 서기 위해 문밖으로 나가 섰다.

진자강은 바로 작하신검을 잡고 가부좌를 틀었다. 작하신검을 통해 내공이 끊임없이 활발하게 움직이기 시작했다. 자칫 내공을 잘못 다루면 모든 게 엉클어질 정도의 거센 움직임이었다.

왜 작하신검에 신검이란 이름이 붙었는지 알 수 있었다.

"대불……."

대불이 진자강의 생각대로 움직여 줄지 자신할 수 없었
다.

남궁가를 위해 할 수 있는 건 모두 했다. 남궁가의 운명
은, 그리고 강호의 운명은 이제 하늘이 아닌 대불의 판단에
달려 있다.

아귀왕에 대한 단서를 찾기 위해서라도.

진자강은 대불의 법명을 몇 번 더 읊조린 뒤, 곧 잡념을
떨치고 내상의 회복에 전념하기 시작했다.

$$* \qquad * \qquad *$$

강호 전역에 자신들의 사람을 심어 놓고 있는 소림사의
정보력은 가히 타의 추종을 불허할 정도다.

진자강이 대불에게 보낸 서신은 하루 반 만에 황산에 도
착했는데, 범본은 거의 동시에 소문과 서신을 받아 보았다.

황산.

남궁가의 장원을 지척에 두고 받은 진자강의 서신이다.

서신을 읽어 가는 대불의 표정은 덤덤했다. 그러나 마지
막에는 가늘게 웃고 있던 눈에서 웃음이 사라졌다.

주위의 나한승들이 의아한 눈빛으로 범본을 보았다.

범본이 확인하듯 진자강이 보낸 서신의 내용을 소리 내어 읽었다.

범본 대사.
아귀왕에 대해 질문할 것이 있으니 보름 안에 승산으로 오십시오.
그때까지만 소림사에서 기다리겠습니다.

나한승들의 표정이 굳었다.
이 무슨 황당한 서신이란 말인가!
아귀왕인지 무엇인지에 대해 소림사의 장문인에게 물어보러 온다는 것도 무례한 일인데, 심지어 소림사로 오라고 하는 것이다.
소림사에서 보름 동안 기다리겠다니! 누가 받아 주기라도 한다는 뜻인가!
그러나, 반대로 소림사에서 받아 주지 않을 거라는 걸 전제로 한다면 그 말의 뜻은 다르게도 해석할 수 있다.

보름 내에 오지 않으면 소림사를 쓸어버리겠다!

정법행에 동원할 수 있는 인원을 모조리 동원해서 소림

사가 텅 비어 있는 것처럼 보이지만, 소림사에는 경내에 은거하고 있는 수많은 승려와 전대 고수들이 있다. 더욱이 제법 부상을 입었다 하니 진자강이 날뛴다고 해도 무공으로는 본산 자체에 생각보다 큰 피해를 입히기 어려울 것이다.

하지만 진자강의 장기는 독이다.

소림사의 본산에 독을 잔뜩 풀어 버리면 소림사의 본산은 죽음의 장소가 되어 버리고 만다. 본산이 털린 소림사가 어떻게 강호에서 고개를 들고 다니겠는가!

소림사가 정법행을 하며 가장 우려했던 부분이었다.

정법행의 거리가 멀어지면 멀어질수록 바로 본산이 비어 버린다는 약점이다. 그것을 방지하기 위해 정의회와 손을 잡았는데 하필이면 정의회는 악록산에서 진자강에게 얻어맞고 패주했다.

범본은 한동안 말을 잇지 못했다.

막 남궁가를 공격할 준비를 하고 있다가 진자강의 서신이 왔다는 소식을 들은 섭수종의 원로들이 범본을 찾아왔다. 개중에는 정보에 약해 아귀왕에 대해 모르는 승려도 있었다.

"방장 사질. 아귀왕이 무엇을 말하는 것인가. 무엇인데 방장 사질에게 묻겠다는 것인가?"

범본이 그 말에는 대답하지 않고 혼잣말을 했다.

"독룡…… 매우…… 위험한 짓을 하고 있군요. 그 같은 이름을 대놓고 언급하다니."

진자강이 아귀왕을 수면 위로 끌어 올리려 하고 있었다.

이 서신의 내용은 이미 소문으로 잔뜩 퍼지고 있는 중이다. 누가 보면 범본이 아귀왕과 관련이 있어서 진자강에게 약점을 잡힌 듯해 보인다.

만약 범본이 나한들을 이끌고 가 진자강을 만난다면, 세상에 범본이 아귀왕과 관계가 있다는 걸 확인시켜 주는 셈이 될 테고, 서신을 무시한다면 진자강은 그대로 소림사를 칠 터였다.

서신 하나로 범본을 골탕 먹이는 것이다.

"흐음. 독룡……."

범본이 중얼거리고 답을 않자 옆에서 대답을 재촉했다.

"이보게 방장 사질?"

범본이 잠시 생각하다가 고개를 저으며 말을 돌렸다.

"독룡이 본산을 치겠다고 합니다. 심지어 당가대원은 그것을 소문내고 있다고 합니다. 어찌했으면 좋겠습니까?"

"그놈 혼자 무엇을 할 수 있겠는가."

다른 승려가 우려를 표했다.

"독룡은 현교의 교주 마제를 쫓을 때에도 교도들을 아무런 망설임 없이 살상했다고 합니다. 본산은 지킬 수 있어도 본산에 거주하는 수많은 인원들이 상할 것입니다."

원로가 말했다.

"겨우 망둥이 한 마리에 방장 사질이 움직일 필요는 없어 보이네. 아래 제자들을 시켜 처리하는 것이 어떠한가."

"망둥이가 아니라 독룡입니다."

범본의 그 말 한마디가 진자강을 바라보는 범본의 시선을 드러냈다.

"독룡 시주는 명백히 본인을 지정하였고, 강호에 소문을 냈으니 피할 수만도 없습니다."

원로는 아직 이것이 방장까지 직접 나설 일인가 하는 의문을 가진 모양이었다.

"하나 심지어 숭산까지 돌아가는 길은 여기서 이천오백리가 넘는 먼 길일세. 서신이 오는 동안 이틀의 시간이 지났으니, 지금 출발한대도 여유로운 길이 아닐세."

"아마 독룡 시주가 언급한 보름이란 기한도 그것을 염두에 둔 게 분명합니다."

무림삼존 중 둘을 죽인 고수.

"그럼 방장 사질의 생각은 어떤가. 남궁가를 앞에 두고 오래 지체할 수는 없으이."

범본이 남궁가의 장원을 보았다.

남궁가는 무슨 얘기를 들었는지 문을 꽁꽁 걸어 잠그고 온갖 진식을 장원 외부에 펼쳐 둔 채였다.

"음……. 진식이 복잡하고 견고해 보이는군요. 남궁가답습니다. 남궁가에서 쉽사리 통과시켜 줄 리는 만무하고, 무력으로 부수고 들어가도 이삼일은 걸리겠습니다."

범본의 눈에 다시금 웃음이 생겨났다.

"그러고 보니 이 서신은 독룡 시주의 애원이군요."

"애원?"

범본의 가느다란 눈이 남궁가의 장원을 향했다.

"남궁가를 치지 말아 달라는 애원 말입니다. 보름이란 시간이 그것을 의미하고 있습니다. 서신이 오는 데 이틀, 그리고 또 삼 일을 남궁가에 허비하면 남는 시간은 열흘. 그러고 나서 본산으로 돌아가려면 꽤 빠듯한 시간이지요."

범본이 말을 이었다.

"그래서 독룡 시주는 사실상 제게 열흘이란 시간을 제시한 것입니다. 독룡 시주는 여유 있게 본산까지 갈 수 있는 시간이나, 여기에서 남궁가를 치는 데 시간을 허비하면 돌아오기 어려운 시간."

"남궁가를 포기하라는 겐가?"

"그렇습니다."

"그렇다고 우리 역시 남궁가의 코앞에서 돌아갈 수는 없지 않은가."

"물론입니다. 본사의 부름에 응하지 않은 남궁가는 멸하여야만 합니다."

"그러고 나면 돌아가기엔 늦네."

범본이 미소를 지었다.

"독룡 시주가 악록산에서 북행하여 정주까지 올라간다면 동정호의 뱃길을 통해 돌아가는 방법과 오령산맥을 타고 험준한 막부산맥을 넘는 방법이 있습니다. 어느 쪽으로 가든 초반 길에 시간이 오래 걸리고 반드시 무한을 지나야 하지요. 반면에 이쪽에서는 황산만 내려가면 서북행을 하는 동안 무한까지 거칠 것이 없습니다."

"하면……."

"독룡 시주는 앞으로 팔일 내에 무한을 지나갈 겁니다. 만약 이틀 안에 남궁가를 함락한다면, 엿새 안에 무한까지가 독룡 시주를 맞이할 수 있다는 뜻입니다."

"엿새 안에 천오백 리 길이라……."

밤낮을 가리지 않고 달려야 하지만 범본이라면 크게 무리하지 않고 갈 수 있는 거리다.

범본이 시선을 남궁가의 장원으로 옮기며 말했다.

"독룡 시주의 의도는 나쁘지 않았습니다. 아니, 꽤 좋앞습니다. 시간을 촉박하게 정함으로써 제가 남궁가를 포기하게 만들고 싶었겠지요. 하지만 독룡 시주의 계산에는 '제'가 고려되지 않았습니다. 안타깝게도 그 때문에 독룡 시주의 계산은 완전히 어긋나게 되었군요."

범본의 입가에 미소가 그어졌다.

대자대비한 불자의 미소가 아니라, 먹잇감을 앞에 둔 사자의 미소.

그것은 소름 끼치게도 먹이 사슬의 우위에 서 있는 포식자의 여유로운 표정이었다.

*   *   *

대앵, 대앵!

다급한 종소리가 울렸다.

"소림사가 공격을 시작했습니다!"

남궁가의 수뇌들이 보고를 받고 모두 자리에서 벌떡 일어섰다.

모두 대노하고 있었다.

"설마하니 본가의 어른이 계시지 않을 때를 노려 들어올 줄은 몰랐다!"

"언제부터 소림사가 이다지도 비겁한 짓을 하게 되었는가!"

거기에 더해 갑자기 남궁락으로부터는 투항하라는 전언까지 받아서, 가뜩이나 헷갈리고 있었다. 서신이 오기 전까지만 해도 투항하느냐 마느냐로 갈리어 싸우고 있었는데, 이제는 공격이 시작되어 싸울 수밖에 없게 되었다.

가주가 말했다.

"전언의 내용이 확실한지 사람을 보냈으니 며칠 안에 응답이 올 것이오. 그때까지는 기관진식으로 버텨 본가에 피해가 없도록……."

그러나 가주의 말이 끝나기도 전에 다시 보고가 올라왔다.

"대불이 삼 번 기관에 들어섰습니다!"

그 말은 가주를 비롯한 모든 이들을 놀라게 하기에 충분했다.

"뭐라고?"

＊　　　＊　　　＊

남궁가의 외부에서 장원으로 가는 길에는 넓은 진법이 펼쳐져 있었다. 거기에다 곳곳에 기관들을 장치하여 진법의 위력을 몇 배나 끌어 올렸다.

단순히 진법만을 생각하면 크게 당할 수 있다.

그 길을 범본이 신중하게 들어섰다. 범본은 나한승들을 자신의 뒤로 십여 장 정도 떨어진 곳에 대기하게 했다.

범본이 주위를 휘휘 둘러보았다.

나비 한 마리 날아다니지 않고 풀벌레 한 마리 울지 않는다. 진법의 영향권 안에 들어왔음을 의미한다.

"흐음. 이번 경문(驚門)의 핵(核)은 여깁니까."

범본은 곁에 이끼가 자라 수십 년은 사람의 손을 타지 않은 것처럼 보이는 바위의 아래로 손을 넣어 바위를 들어 올렸다.

우지직! 끼이이익!

커다란 곰만 한 바위가 들리면서 어울리지 않는 쇳소리를 냈다.

범본이 서 있는 장소에서 오 장 앞, 옆 비탈길에서 쇠침이 박힌 두꺼운 통나무들이 마구 쏟아져 내려왔다. 그 앞쪽에서도, 또 그 앞에서도!

콰르르, 콰르르르!

산사태가 난 것처럼 수백 그루의 나무들이 마구 쏟아졌다.

쾅! 쿠르르! 콰과광!

거기에 사람이 서 있었다면 어지간한 고수들이라 해도 버티기 쉽지 않았을 터였다.

그러나 범본은 기관의 핵을 망가뜨림으로써 앞쪽으로 길

게 나 있던 함정 전체를 무용지물로 만들었다.

범본이 손을 툭툭 털었다. 가볍게 발을 굴러 잔뜩 쌓인 나무 그루들의 위로 올라섰다. 그러다가 중간 즈음에 서 엉켜 있는 나무들을 뽑아내 치웠다. 사람 키의 두 배는 더 되고 무거운 통나무들이 휙휙 날아다녔다.

범본이 쌓인 나무들의 아래로 내려가 바닥을 건드렸다.

구…… 웅!

진동이 울리면서 저 멀리 잘 보이지도 않을 정도로 먼 앞쪽의 계곡을 건너는 다리가 무너졌다.

그쪽 길로 계속 가다가 다리가 무너졌으면 되돌아와야 하니 시간을 굉장히 낭비하게 되었을 터였다.

"경문 안의 사문. 사문 밖의 생문. 기관을 겹겹이 겹쳐 두는 것이 남궁가가 자랑하는 대화공 멸절식(大和共 滅絕式)."

범본의 얼굴에 미소가 어렸다.

* * *

남궁가의 수뇌부들은 침묵에 휩싸였다.

소림사가 공격을 시작한 지 한 시진도 채 되지 않는데 대불이 벌써 다섯 개의 진식을 파괴하고 들어오는 중이었다.

"대불이 대화공 멸절식의 기관진법을 완벽하게 알고 있소."

"대화공 멸절식은 시간에 따라 생문이 모두 달라집니다. 어제와 다르고, 아침과 점심의 생문이 다릅니다. 알고 있다고 해서 그대로 들어올 수 있는 길이 아닙니다."

"그렇다는 건……."

남궁가의 수뇌들은 믿을 수 없는 결론에 이르렀다.

"시시각각 변하는 진법의 생문을 찾아낸다는 건 대불의 진법에 대한 이해도가 굉장히 높다는 뜻이오."

대불이 진법에 조예가 있다.

그것도 상당한 수준으로!

"말도 안 됩니다!"

젊은 축에 속하는 이가 항변하듯 소리쳤다.

"설사 이 진법의 만든 자라고 해도 이만한 속도로 들어올 수는 없습니다."

남궁가의 가주가 어두운 얼굴로 고개를 저었다.

"대불이라면…… 가능하다."

모두가 남궁가의 가주를 쳐다보았다.

"진법에 대한 이해도와…… 섭수종 최고의 무력을 모두 갖춘 대불이라면!"

범본의 머리 위에서 집채만 한 바위가 떨어졌다.

멀리 뒤에서 대기하고 있던 나한승들은 범본이 함정을 잘못 건드려 바위가 떨어지는 것을 보았다. 범본도 덩치가 큰데 바위는 범본을 다섯 명쯤 깔아뭉개고도 남을 만큼 거대했다.

범본은 미처 알아채지 못한 것인지 뒤늦게 고개를 들어 바위를 확인했다.

"이런. 이번엔 해제가 귀찮은 기관이로군요."

바위가 범본의 머리 위로 그대로 떨어졌다.

꽈 앙!

머리 위에 바위가 고스란히 얹힌 채로 범본의 발이 땅바닥을 푹 패고 들어갔다.

시간이 멈춘 것처럼 멈춰 있던 바위의 가운데에 금이 쭉 가기 시작했다.

쩌어억!

바위는 좌우로 쪼개지며 옆으로 떨어졌다.

계인이 찍힌 범본의 머리에 으깨진 돌가루가 잔뜩 묻었다.

범본이 머리를 툭툭 털었다.

쐐액!

사방에서 철시(鐵矢)가 날아왔다. 범본은 그대로 서 있었
다. 철포삼이 철시를 튕겨 냈다.

카앙! 카카캉!

삽자루 모양의 시꺼먼 쇳덩이들이 빛살처럼 날아와 뒤를
이었다.

약전(弱錢)이다. 전(錢)은 돈이 아니라 가래와 같은 농기
구를 말하는데, 특히나 약전은 무른 철과 단단한 철을 섞어
만든 대 고수 전용 병기다. 호신강기에 부딪치면 무른 철이
뭉개지며 망치로 친 듯한 타격을 주고, 무른 철이 뭉개지면
서 안에 있는 송곳 같은 단단한 철이 밀고 나와 호신강기를
뚫는다. 위력은 강하나 그만큼 만들기가 어려워 고도의 정
제련 기술이 필요한 병기다.

몇 개의 약전이 범본의 몸에 적중했다.

뻐억! 뻑!

곤장을 치는 듯한 소리와 함께 약전이 범본의 몸에 박혔
다.

범본이 잠깐 자신의 몸에 박힌 약전을 보고 있다가 뽑아
보았다. 약전의 머리를 감싸고 있던 무른 철은 뭉개져 퍼져
있고 가운데에는 숨겨져 있던 날카로운 철 가시가 다발로

튀어나와 있었다.

그러나 호신강기도 뚫는다는 철 가시의 끝이 놀랍게도 휘어져 있는 것이었다!

범본은 붉은 가사에 난 구멍들을 내려다보곤 혀를 찼다.

"이런."

그러나 관통해서 몸에 박힌 건 아니었다. 옷만 상했을 뿐이다. 범본은 다시 날아오는 약전을 손바닥을 내저어 튕겨버렸다.

별다른 행동을 하지 않았지만 순식간에 하나의 관문을 몸으로 무력화시킨 범본이다.

범본이 가사를 툭툭 쳐서 정돈하곤 반장하며 중얼거렸다.

"나무아미타불. 오늘 스승님의 가르침을 다시 한번 크게 되새기게 되었습니다. 이 모두가 스승님 덕분입니다."

범본은 태어나면서부터 거구인 데다 몸이 둔해 함께 자라는 아이들에게 매일 놀림을 받았다. 범본은 무시당하지 않기 위해 매일 싸움을 했지만, 혼자서 여럿을 이길 순 없었다. 오히려 무시당하고 놀림받는 건 더욱 심해졌다.

그러던 어느 날, 그의 인생에 가장 큰 영향을 준 스승이 말했다.

―너는 덩치가 커서 남 보기에 우직하고 둔해 보이는구나. 하나 나는 네 머리가 얼마나 비상한지 알고 있다. 네 덩치가 너의 장점을 가려 주고 있으니 그것은 오히려 너의 강점이 될 것이란다.

기억하거라. 무공이 천하에서 제일 뛰어난 자도, 또 머리가 천하에서 제일 좋은 자도 무섭지 않다. 무공이 뛰어난 자는 머리가 좋은 자의 함정에 빠져 죽고, 머리가 뛰어난 자는 무공이 뛰어난 자의 무력에 죽는다.

정말로 무서운 것은…… 모자란 무력을 보완해 주는 지모와 모자란 무공을 보완해 주는 지혜를 모두 가진 사람이다.

드러내지 마라. 드러내지 말고 지혜와 무공을 모두 갖춘 사람이 되거라.

그의 따스한 말을 범본은 아직도 기억했다.

그래서 그날부터 책을 읽기 시작했다. 낮에는 무공을 익히고 밤에는 책을 읽었다. 스승이 시키는 대로 남들 앞에서 내색하지 않고 꾸준히 정진했다.

해월 진인이 맹주가 되고 나서 가장 열심히 하였던 것이 무공 수련이었던 것처럼, 범본은 쉬지 않고 학문을 닦았다.

방장 대사의 눈에 띄어 소림사로 들어가게 되어서도 마찬가지였다.

범본은 스무 살이 되기 전 유불선(儒佛仙)의 삼교에 정통했다. 천문, 지리 등의 분야에서도 해박한 수준에 올랐다.

특히나 종종 무인들에게 큰 골칫덩이가 되는 진법에 있어서는 타의 추종을 불허할 정도의 조예를 갖고 있었다.

"기관도 결국은 진법의 일부분일 뿐."

범본은 진법의 방위를 계산하여 길을 찾고 기관 장치는 핵을 파괴했다. 관문을 자신의 지식으로도 파훼하기 어렵다 싶으면 아예 무력으로 부수고 나아갔다.

때문에 범본의 걸음은 거칠 것이 없었다. 그가 기억하는 스승의 애정 어린 충고대로 문무를 모두 겸비한 자가 된 것이다.

"독룡, 나는 둔한 곰이 아닙니다. 나를 그리 보았던 다른 자들처럼, 그대도 나에 대한 선입견 때문에 실수한 것입니다."

범본이 다시 미소 지었다.

반나절이 되기 전, 범본은 홀로 남궁가의 기관진식 삼 할을 파괴했다.

第五章

포석(布石)

　진자강은 나뭇가지를 주워 와 불을 피우고 사냥을 해 새를 잡아 왔다. 노숙을 위해서는 할 준비가 많았다.

　그런데, 손비는 처음부터 끝까지 진자강이 하고 있는 모습을 지켜보기만 할 뿐 손가락 하나 까딱하지 않았다.

　진자강은 그런 손비에게 아무런 타박도 하지 않고, 묵묵하게 준비를 했다.

　가만히 앉아서 지켜보고 있던 손비의 표정이 점점 샐쭉해졌다.

　손비가 벌떡 일어나서 진자강의 손을 잡았다.

　진자강이 왜 그러느냐는 듯 쳐다보자 진자강의 손바닥에

글을 썼다.

　—왜 부탁을 하지 않죠?

　"무슨 부탁을 말입니까?"

　—이거 해 달라, 저거 해 달라. 도와 달라. 그렇게 말할
수 있는데 내게 한 마디도 안 하잖아요.

　"그래서 화가 나 있었습니까?"

　손비의 뺨이 발그레해졌다.

　—그게 아니에요.

　손비가 고개를 살짝 돌리더니 글씨를 썼다.

　—당신이 내게 부탁할 때 기분이 좋았어요.

　진자강이 손비를 바라보며 담담한 미소를 머금었다.

　"생각할 게 좀 있었습니다."

　—그래서 화가 난 거예요. 내가……

　뒤이어 글씨를 쓰려던 손비가 손가락을 멈추고 진자강을
바라보았다.

　내가 옆에 있는데 내게 아무런 관심을 가져 주지 않아
서……

　진자강은 손비가 무슨 말을 하려는지 짐작했다.

　"미안합니다."

　손비가 고개를 저었다.

　이런 때에는 화를 내는 것이 사과를 하는 것보다 차라리

나왔다.

다소 힘이 빠진 채로 손비가 진자강의 손을 잡아 글씨를 썼다.

─당신을 좀 더 빨리 만났더라면, 당신은 나를 보아 주었을까요?

진자강이 바로 대답했다.

"아닐 겁니다."

손비가 픽, 하고 힘없는 실소를 터뜨렸다.

─그럴 줄 알았어요.

손비는 일어난 김에 진자강과 함께 일을 하기 시작했다. 장작도 마련하고 잠자리도 손보았다. 무림인들은 대개 노숙을 하는 일이 잦아 손비도 익숙했다.

둘이 조용한 저녁을 먹고 있는데 영귀가 찾아왔다.

영귀의 일 처리는 매우 빠르고 정확해서 진자강이 주문한 바를 실수 없이 해내고 있었다.

그런데 찾아온 영귀의 표정이 그리 좋지 못했다.

영귀가 진자강을 보고 말했다.

"남궁가의 기관진식이…… 뚫렸습니다."

소림사가 남궁가를 공격한 지 하루 만이었다.

결국 남궁가는 버텨 내지 못했다.

＊　　　＊　　　＊

　범본이 모든 기관진식을 파괴하고 진법을 헤치고 남궁가의 장원 앞에 도달했을 때.

　남궁가의 장원은 활짝 열려 있었다.

　남궁가의 이들이 나와 범본과 나한승들을 맞이했다.

　긴 시간 진법을 지나온 나한승들은 승려답지 않게 살기가 등등했다. 명령이 떨어지면 금방이라도 달려들어 남궁가를 때려 부술 것처럼 흥분해 있었다.

　범본은 앞에 나온 남궁가의 식솔들을 무심히 내려다보았다.

　"나무아미타불 관세음보살. 시주들이 저의 앞을 막고 있는 이유는 무엇입니까?"

　장원의 주인들이 나와 있는데 왜 앞을 막고 있느냐고 묻는다!

　남궁가의 노장로가 앞으로 나와 포권했다. 그러곤 말없이 뒤로 손짓했다.

　이어 남궁가의 가주와 몇몇 장로들이 묶인 채로 끌려 나왔다.

　"호오. 이것이 남궁가의 대답입니까?"

　"그렇습니다."

가주가 눈에 불꽃을 튀며 범본과 남궁가의 배신자들을 돌아보았다.

"남궁의 이름에 먹칠을 하다니! 천벌을 받을 것이다!"

노장로와 배신한 이들이 오히려 가주를 나무랐다.

"소림사는 이미 우리의 기관진식을 하루 만에 무력화하였소. 그간 정법행에 대항하던 이들이 어떻게 되었는지는 이미 알고 있을 터! 더 싸워 봐야 우리 가문이 망할 뿐이라는 걸 가주는 어찌 모르시오!"

그러나 범본이 고개를 갸우뚱했다.

"시주의 말씀대로, 나는 대항하는 마졸들을 세상에서 살려 두지 않기로 결정하였습니다. 몇몇을 대신 희생시킨다고 해서 목숨을 부지하는 건 어려운 일이 될 것입니다."

노장로와 배신한 이들이 고개를 숙였다.

"우리는 단지 결정을 하기 위한 시간이 필요했을 뿐. 아직 대항한 것이 아니오. 그러니까 방장 대사께서 예까지 오시자마자 오해가 없도록 서둘러 마중을 나온 것 아니겠소이까."

옹졸하기 짝이 없는 대답.

범본은 천천히 고개를 끄덕였다.

"과연…… 일리가 있군요."

그러면서 느긋한 걸음으로 묶인 이들을 향해 걸어갔다.

가주를 비롯한 이들이 불타는 듯한 눈으로 범본을 올려다보았다. 범본이 염주를 쥔 손을 하늘로 치켜들었다.

그러더니 가주를 그대로 강타했다.

쾅앙!

가주는 제압되어 있는지라 피하지도 못하고 범본의 일권을 맞았다. 순식간에 전신의 뼈마디가 부서지고 뒤틀리며 바닥에 처박혔다. 목숨은 붙어 있으나 나아도 성한 몸으로는 되돌아올 수 없을 터였다!

"커억······."

가주가 피를 토했다. 나한승들이 부들부들 떨고 있는 가주를 붙들고 계도로 머리를 밀었다. 긴 머리카락이 사박거리며 바닥에 쌓여 갔다.

범본은 배신한 남궁가의 이들을 쭉 훑어보았다. 그러다 갑자기 불호를 외우며 손가락을 튕겼다.

티잉!

염주 알이 날아가 이를 악물고 분노를 삼키던 무인의 다리에 적중했다. 무인은 다리가 박살이 나서 꿇어앉았다.

"으아아악! 으아악!"

범본은 염주 알을 몇 번이나 튕겼다. 그때마다 남궁가의 이들은 다리가 박살 나 주저앉았다. 조금이라도 움직이면 여지없이 염주 알이 날아왔다.

남궁가의 이들은 입을 악다물고 주먹을 꽉 쥐었다.

더는 눈에 적개심이나 반감을 가진 이들이 보이지 않게 되었을 때, 그제야 범본이 미소를 머금었다.

"나무아미타불."

나한승들이 다리가 박살 난 남궁가 이들을 끌어내어 강제로 머리를 밀기 시작했다.

*   *   *

진자강이 대불을 만나러 가고 있다는 전갈은 진작부터 염왕 당청의 귀에도 들어갔다.

당청이 서쪽의 사천에서 소란을 피우는 동안 동쪽의 대불을 친 것이니 말 그대로 성동격서(聲東擊西)가 되었다.

그야말로 진자강다운 행동이 아닐 수 없었다.

한 방에 적의 허를, 가장 위험한 심장을 찔러 버렸다.

만약 대불이 아귀왕이라면 그대로 찔리는 것이고, 그게 아니라 하더라도 아귀왕의 칼처럼 행동하고 있는 소림사의 무차별적인 행보를 멈출 수 있다.

게다가 당청은 진자강이 대불 범본에게 제시한 시간을 듣고 진자강이 시간을 벌고 싶어 한다는 걸 깨달았다.

남궁가는 장강검문의 가장 큰 축 중의 하나이자 해월 진인과 뜻을 같이하는 동료였다. 남궁가를 구해 낸다면 이후의 상황을 수습하는 데 있어 크게 도움이 될 터였다.

한 번 행동에 여러 수를 두는 것이 역시나 진자강이다.

하나 그 때문에 오히려 남궁가가 생각보다 빨리 무너졌다는 소식을 들었을 때 크게 놀랐다.

"이런……."

당청은 진자강이 곤란해할 거라는 걸 알 수 있었다.

"이놈이! 그러니까 계획이 있으면 내게 언질이라도 좀 하지 그랬느냐."

당청은 발을 동동 굴렀다.

그간 사천과 인근 지역을 돌아다니면서 정보를 수집하고 있었으나 별다른 성과가 없었다. 아귀왕은 계속해서 행적을 지웠다. 수많은 증인들이 모습을 감추고 행적이 불분명해졌다.

진자강이 말한 대로 행적이 사라진 이들의 대부분이 상계와 관련된 이들이라는 것만 확인했을 뿐이다.

이런 상황에서 진자강을 도울 수 있는 뾰족한 방법이 떠오르지 않았다.

소림사가 있는 하남성의 숭산까지는 사천 리 길.

부지런히 달린대도 따라잡기가 힘들 터였다.

상대는 대불이다.

천하공부출소림(天下功夫出少林)이라, 천하의 모든 무술이 소림사에서 나왔도다!

이같이 광오하기 짝이 없는 말을 해도 아무도 반론을 제기하지 못하는 곳이 바로 소림사다. 그 소림사의 최고 수장을 만나러 가는 것이다.

멀쩡한 상태로도 이길 수 있을지 모르는 상대다. 어쩌면 이 싸움의 최고 배후일지 모르는 자를 만신창이가 되어 만나러 가는데, 계획에 차질이 생기게 되면 더욱 불리해질 것은 자명하다.

비록 상대가 예상하지 못하고 허를 찔렸다고 할지라도 말이다.

하나 이것은 진자강 혼자만의 싸움이 아니다.

당가의, 나아가 강호 무림의 미래를 건 싸움이었다.

어떻게든 진자강을 도와야 한다.

당청이 급히 서신을 쓸 준비를 시켰다.

"마음에는 안 들지만, 박쥐는 이럴 때 쓰라고 있는 것이지. 독천이 아빠를 위해서 열심히 시간 좀 벌려무나."

＊　　＊　　＊

안씨 의가도 내란에 휘말린 문파 중 하나였다.

안씨 가문의 내에서 소림사에 항복하자는 측이 타 문파의 협력을 받아 의선 안율진을 독살하려 하였다.

안율진은 가문의 난리를 빠르게 수습하고 남은 인원을 규합해 반란 세력을 도운 문파를 찾아가 복수까지 끝마쳤다.

상당한 손해를 보았지만, 안팎의 후환을 모두 제거함으로써 안씨 의가는 겨우 내부를 정돈할 수 있는 여유가 생겼다. 배신자들을 처단하여 면도 세웠다.

그런데…….

겨우 한숨 돌리는 중에 안율진에게 성명 불상의 서신이 도착했다.

안율진은 서신을, 그것도 가장 첫 줄에 쓰인 글귀를 보고 의아해했다.

살려 줘서 고맙다.

누군지 대번에 알 수 있었다.

"염왕이군. 그래도 고맙다는 말을 할 줄은 알고 있었……."

그러나 다음 글귀를 읽은 순간, 안율진의 표정은 크게 일그러졌다. 중독에서 채 벗어나지 못해 파리한 안색이 더욱 하얘졌다.

감사 인사말 아래로 두 문장이 더 쓰여 있었다.

보답으로 알려 주마. 대불이 아귀왕이다.

"이런 미친!"

서신이 안율진의 손에서 구겨졌다.

그래서 어쩌라고!

이미 낭중령의에 대한 혈채를 갚기 위해 나한승들을 여럿 죽인 바 있는 안씨 의가다. 가뜩이나 소림사에 안 좋게 찍혀 있는데 왜 이런 쓸데없는 서신을 보내는가?

서신의 내용이 남들에게 알려지기라도 한다면 백이면 백 휘말리게 되는 것이고, 괜한 일에 휘말리는 건 안씨 의가가 가장 우려하는 일이다.

당청이 모를 리 없다.

알고 보냈다.

절대로 고맙다는 인사를 하기 위해 보낸 서신이 아니다.

안율진은 일전에 당가에 선을 대려 하였다가 당청이 잘못되자 중간에 발을 뺐다.

이는 당청이 보기에 배신이나 다름없었을 터.

진자강이 대불을 만나러 간다는 소문이 파다한 이때, 당청은 사실인지 아닌지도 모르는 비밀을 안율진에게 알려

줌으로써 안율진에게 강요하고 있는 것이다.

마지막 기회다. 내 편 할래, 아니면 죽을래.

하고.

그게 대불이 아귀왕이라고 서신 말미에 적은 이유다.

달리 말하면, 진자강이 대불을 치는 데 도우라는 뜻이다.

진자강은 최근 무림이존을 넘어섰고 금강천검과 정의회를 패퇴시켰다. 당금 무림에서 활동하는 무인들 중에 진자강을 이길 만한 이는 손에 꼽을 터다.

하나 진자강은 무공이 암기와 독에 치중되어 있어 공격 수법에 한계가 있다. 반면에 대불은 명실공히 소림사의 최고 고수다. 게다가 소림 역사상 가장 완벽한 방어 기술들을 습득한 것으로 평가되고 있었다. 더욱이 뒤를 받칠 나한승들의 존재도 무시하지 못한다.

안율진이 이 서신을 받기 이전에 진자강의 승산을 따져 보았으면 약 이 할에서 삼 할 정도 되었을 것이다. 거기에 황궁 무공을 익힌 안씨 의가의 힘이 더해지면 승산은 좀 더 높아질지도 모른다.

그러나 안율진은 그럴 생각이 없었다.

안율진에게 있어서 가장 큰 목적은 가문의 보존이다. 손해 보는 일에 뛰어들어 가문을 잘못되게 만들 순 없다. 그래서 예전에도 약문을 버리고 독문에 붙었으며, 당가에 붙었다가도 당가가 위험에 처하자 바로 발을 뺐던 것이다.

"염왕. 네가 이 서신을 보낸 건 독룡이 대불을 이기기 어렵다는 반증이겠지. 게다가 너는 헛짚기까지 했다. 네가 이런 협박을 했다고 해서 화를 내진 않으마. 오히려 덕분에 본 가를 지킬 좋은 기회를 잡게 되었으니, 네게 감사해야겠구나."

안율진은 긴급히 가문 내의 정예들을 모조리 끌어모았다. 그러곤 곧바로 출동시켰다.

안씨 의가는 십 년 전처럼, 이번에도 혼란한 강호에서 살아남기 위한 포석을 둔 것이다.

*　　　*　　　*

대불이 단축한 하루의 시간에는 적지 않은 의미가 있었다.

줄어든 하루만큼 대불이 빨리 찾아오게 된다.

"대불의 능력이 검왕의 예상을 상회했습니다. 대불이 생각보다 훨씬 더 강합니다."

그러나 그보다 더 큰 문제가 있었다.

"대불이 무한을 결전지로 선택하려는 내 생각을 알아챘습니다. 시간적으로 이틀의 여유가 있음에도 하루를 앞당긴 건, 내가 정한 장소에서 만나지 않겠다는 뜻입니다."

진자강은 늘 주변을 살피고 지형을 기억해 두는 것이 습

관처럼 몸에 배어 있다. 한 번 가 본 장소의 유리한 점과 불리한 점을 모두 안다. 무한에도 일전에 와 본 적이 있다. 때문에 진자강이 생각한 장소에서 대불을 만나지 못하면 계획이 어긋나게 될 터였다.

손비와 영귀가 고개를 끄덕였다.

"그럼 어서 가죠."

일행은 서둘러 길을 재촉했다.

영귀와 손비가 번갈아 길을 앞질러 가 먹을 것과 갈아탈 말을 준비했다. 말도 지치기 때문에 마차를 끌고 한나절 이상을 달릴 수 없다. 계속해서 말을 바꿔 주어야 했다. 그 시간마저 아끼기 위해 한 명이 미리 앞으로 달려가는 것이다.

영귀가 준비한 마차로 갈아타고 이번엔 손비가 마차를 내려 달려 나갔다. 영귀는 지친 기색으로 마차에 들어와 앉았다. 전속력으로 달리는 말을 앞질러 가는 것이 쉬울 리 없었다.

"고생했습니다."

진자강이 물을 건네었다.

영귀가 물을 마시고 숨을 고르며 말했다.

"어서 운기요상을 하세요. 호법을 서겠습니다."

진자강이 고개를 끄덕였다. 작하신검을 들고 다시 내상 치료에 들어갔다.

                    ＊   ＊   ＊

  진자강이 길을 재촉한 지 닷새째에, 갑자기 누군가가 마
차를 가로막았다.

  안령이었다.

  손비가 반가운 얼굴을 했다. 안령의 손을 잡고 마차에 태
워 반가움을 표시했다.

  안령이 마차에 오르자마자 투덜거렸다.

  "마차가 너무 빨라서 따라잡느라고 죽는 줄 알았잖아."

  안령에게서 술 냄새가 풍겼다. 얼굴도 발그스름한 것이
어느 정도 취기가 올라 있는 듯했다.

  "오랜만입니다. 일전에 다친 상처는 괜찮습니까?"

  안령은 함근의 매화검기에 배를 관통당하고 팔꿈치가 부
러지는 큰 부상을 입었었다.

  진자강의 물음에 안령이 입을 삐죽거렸다.

  "뭐야. 우리 가문이 천하제일의 의가라는 걸 잊었어? 팔
은 좀 불편하지만 괜찮아. 그리고 댁은 여전히 사려 깊고
섬세하네."

  본인도 여전히 반항적이고 퉁퉁거리는 안령이다. 그런데
안령은 곧 진자강의 얼굴을 이리저리 뜯어보며 놀라워했
다.

"엄청나게 많이 다쳤다더니, 벌써 이렇게 나은 거야?"

딱지가 잔뜩 앉았는데, 벌써 딱지가 떨어져 새살이 난 곳들이 많았다. 며칠이 지나면 외상은 거의 흔적도 없이 나을 것 같았다.

"속은 엉망입니다만."

"그야 물론 그렇겠지. 수백 명을 몰살시켰다면서 멀쩡하면 하늘도 좋게 보지 않을걸."

안령이 자꾸만 불퉁거리자 손비가 안령의 손을 잡고 말렸다.

하나 진자강이 내버려 두라며 손을 들었다.

"무슨 일로 찾아왔습니까?"

"아무 일도 없이 올 수도 있지."

"얼굴은 그래 보이지 않습니다."

"아아……. 그게 다 드러나는 건가."

안령은 표주박을 들어 단숨에 술을 마셨다. 손비가 걱정스러운 눈으로 표주박을 빼앗았다.

손비가 한숨을 쉬었다.

진자강을 빤히 보았다가 안령답지 않게 힘들게 입을 열었다.

"여기서 멈춰."

진자강은 왜냐고 묻지 않았다.

안령이 표주박을 다시 빼앗아 벌컥벌컥 들이키고는 말했다.

"그 몸으로 대불을 만나면 못 이겨. 아귀왕의 '아' 자를 꺼내는 순간 죽을 거야."

"아귀왕에 대해 대답하지 않으면 대불이 죽을 겁니다."

진자강의 패기로운 답에 안령은 어이가 없는 투로 진자강을 보았다가 고개를 절레절레 내저었다.

"만용도 그만하면 병이야. 당신은 이길 수 없어."

"승산이 없으면 나서지 않았습니다."

"알아. 무슨 생각인지는 몰라도 그 몸으로 온 걸 보면 계획이 있는 거겠지? 대불을 상당한 궁지로 몰아넣을 수도 있겠네. 당신은 그런 사람이니까."

진자강이 툭 던지듯 물었다.

"안씨 의가가 개입하기로 했습니까?"

한 번에 정곡을 찔린 안령의 표정이 굳었다. 안령은 답지 않게 진자강의 눈을 똑바로 보지도 못하고 시선을 돌렸다.

손비도 사실이냐며 안령의 팔을 잡고 일부러 얼굴을 쳐다보았다.

"망할."

안령이 짜증 내며 웃었다.

"맞아. 스승님, 아니 할아버지가 가문의 정예들을 이끌고 소림사로 출발했어. 독룡 당신과 대불이 싸우는 걸 지켜보다가 대불이 곤란해질 때 즈음 끼어들어서 대불의 편을 들 거야."

안씨 의가는 진자강이 이길 거라 보지 않는다. 하지만 진자강이 대불을 곤란하게 하면 그 때에 대불을 도와 생색을 낼 셈인 것이다.

"우리는 이번 기회에 정의회를 통하지 않고 소림사와 직접 관계를 맺을 생각을 하고 있어. 그럼 정의회에 복속되지 않아도 되고 소림사와의 과거도 청산하는, 우리 가문으로서는 일거양득을 거둘 수 있겠지."

진자강이 확인하듯 물었다.

"그래서, 의선이 소림사로 간다는 겁니까?"

"그렇다니까. 만일 당신이 대불을 궁지로 몰지 않아도 괜찮아. 당신은 당연히 독을 쓸 테고, 그럼 그 독을 중화시키고 중독된 환자를 치료하는 데에 도움을 줄 수 있을 테니까. 그것만으로도 소림사에 빚을 지게 할 수 있지."

손비가 놀란 표정으로 안령을 바라보았다. 안령은 손비의 표정을 보고 미친 듯이 웃었다.

"뭐야, 그런 표정은. 우리 가문이 그랬던 걸 이제 안 것처럼? 원래 알고 있었잖아. 입으로는 신의와 협의를 말하지만 결국은 살아남으려고 여기저기 붙어서 기생할 뿐이라는 걸."

안령의 자조 섞인 말에 손비가 고개를 세차게 저었다.

"뭐야, 손비 너답지 않게 왜 그래?"

안령이 진자강을 보고 말했다.

"뭐 욕을 한다고 하면 받아 줄게. 하지만 원망은 염왕에게 해. 염왕이 우리 할아버지를 자극했으니까. 염왕이 서신을 보내지 않았으면 할아버지도 움직일 생각을 하지 못했을 거야."

"염왕이 말입니까?"

"그래. 당신을 도우라고 협박했어."

진자강이 안령을 빤히 쳐다보았다.

안령은 입술을 실쭉거렸다.

"뭐야. 그 눈빛은."

진자강이 말없이 바라보자 안령의 표정이 점점 싸늘해지기 시작했다. 점점 화가 나는 듯했다.

안령이 이를 깨물며 벌떡 일어섰다.

"나를…… 그런 눈으로 보지 마. 죽여 버리고 싶으니까. 기껏 사람이 위험을 알려 주러 왔더니. 그렇게 죽고 싶으면 가든 말든 마음대로 해!"

안령은 바로 마차를 뛰어내리려 했다.

그때 진자강이 말했다.

"나는 소림사로 가지 않습니다."

멈칫!

안령이 무슨 의미냐며 진자강을 돌아보았다. 세찬 바람에 안령의 머리카락이 마구 휘날렸다.

진자강이 말했다.

"대불도 알고 있습니다. 내가 소림사로 가지 않는다는 걸."

"그, 그럼 어디로…… 이 마차는 어디로 가는 거야!"

안령이 거친 행동을 하고 있지만 안령의 입장에서는 가문을 배신하고 온 셈이다.

진자강은 그 이유를 안다. 안령의 내부에서 일어나는 갈등과 괴로움을 충분히 느낄 수 있다.

그래서 진자강은 대답해 주었다.

"무한까지."

진자강이 안령의 눈을 똑바로 보았다. 안령의 동공이 좌우로 흔들렸다.

안령의 얼굴이 웃는 듯 마는 듯 묘하게 변했다.

"그, 그게 무슨 말이야? 정말 소림사까지 가지 않는다고?"

안령이 손비를 잡고 흔들었다.

"손비야, 지금 독룡 저놈이 한 말이 정말이야? 응? 사실이냐고!"

손비가 고개를 끄덕였다.

진자강은 소림사로 가지 않는다.

그런데 안씨 의가는 소림사로 간다.

정법행 때문에 거의 모든 나한승이 강호에 나와 있고, 대불마저도 나와 있어서 텅 빈 곳이나 다름없는 소림사로.

이미 소림사와 안 좋은 관계에 있는 상황에서 정예를 이끌고 소림사로 가면, 대불은 어떻게 받아들일까.

"아……."

안령의 얼굴이 공포로 물들었다.

안씨 의가의 무력은 낮지 않다. 대불은 안씨 의가의 소림행을 충분한 위협으로 받아들일 것이다.

*　　　*　　　*

안율진은 정예 오십 명과 함께 소림사로 향했다.

호광에서 하남 숭산까지는 먼 길은 아니다. 그러나 진자강과 대불의 속도를 맞추려면 꽤 걸음을 재촉해야 했다.

안율진이 당청을 생각하며 혀를 찼다.

"자네가 자초한 일이니 나를 너무 탓하지 말게나. 자네가 독룡에게 무릎을 꿇었을 때부터 이 같은 일은 이미 예견

되었던 걸세. 독룡이 아무리 날고 기어도 소림사는 소림사야. 독룡은 소림사를 넘을 수 없어. 그러니 내가 어찌 독룡의 편을 들겠는가."

들는 사람은 없지만 안율진은 혼자서 내내 중얼거렸다. 어쩌면 이것이 일말의 죄책감이나마 흘려 버리는 안율진의 방식인지도 몰랐다.

그런데…….

안율진이 정예 오십 명과 달려가는 중에 갑작스러운 투기가 느껴졌다. 모두가 자리에 멈춰 섰다.

"나무아미타불. 어디 가십니까?"

안율진과 오십 명의 정예가 위를 쳐다보았다.

언덕 위에 거대한 체구의 인물과 민머리의 승려들이 다수 서 있었다.

안율진은 순간 상황이 이해가 되지 않아 눈을 끔벅였다.

저들을 만나러 가는 길은 맞으나, 여기에서 만날 이들이 아니었다.

"범본 대사?"

안율진은 금세 정신을 차리고 말했다.

"우리는…… 아, 대사를 만나러 가는 길이었네!"

"소승을 말입니까?"

"그렇다네! 강호에 독룡이 소림사로 찾아간다는 소문이

낳기에, 혹시나 험한 독을 사용하면 소림사에 도움이라도 될까 하여 가는 중이었네."

하지만 안율진을 내려다보는 범본의 표정은 극히 싸늘했다.

"그게 사실입니까?"

"내가 왜 거짓을 말하겠는가."

"서신을 받고 온 것은 아닙니까? 염왕의."

안율진은 뜨끔했다. 거기까지 알고 있다면 거짓말을 해도 소용없다.

안율진은 침음성을 내며 수긍했다.

"맞네."

범본이 손짓했다. 옆의 나한승이 서찰 한 장을 들고 읽었다.

"친구들, 독룡이 대불을 잡고 있는 동안 소림사를 치도록 하게. 이번이 소림사의 잔혹무도한 행동을 막을 좋은 기회일세. 나 염왕이 앞장서서 길을 열도록 하지."

범본이 물었다.

"이러한 서신이 호광과 하남의 여러 문파에 배달되었습니다. 이 서신을 받고 온 것이란 말이지요?"

안율진은 뭔가 잘못됐다는 걸 느꼈다. 등골이 서늘해졌다.

"아니! 아닐세! 그 서신이 아닐세!"

함정에 빠졌다!

뜻밖에도 범본이 고개를 끄덕이며 수긍했다.

"아아, 알고 있습니다. 소승이 나와 있다고 해서 감히 본사를 칠 간이 큰 자들이 얼마나 있겠습니까. 아마도 이 서신은 누군가의 농간일 가능성이 크겠지요."

안율진의 표정이 조금 밝아졌다.

"그렇다네! 본 가는 순수히 소림사를 돕기 위해 나선 것이지 다른 뜻은 없었네. 믿어 주시게."

"그 말씀은 믿습니다. 하지만 이미 귀하는 본사의 제자들을 해친 적이 있지요. 그리고……."

범본의 가느다란 눈이 떠지며 안율진을 노려보았다.

"하필이면 그게 간에 붙었다 쓸개에 붙었다 하는 안씨의가의 말이라는 것입니다. 그럴 리는 없겠으나 소승이 잘못될 경우, 귀하가 본사에 해코지를 하지 않는다고 어찌 장담할 수 있겠습니까."

안율진은 마른침을 삼켰다.

범본이 물었다.

"더 기분 나쁜 건 무엇인지 아십니까?"

안율진은 대답하지 않았다. 애초에 범본도 대답을 기대하고 물은 것이 아닌지 계속해서 말했다.

"남의 손에 놀아나고 있다는 걸 알면서도 어쩔 수 없이 놀아나야 한다는 것입니다. 이 서신이 농간인 줄 알면서도 그게 하필이면 귀하이기 때문에 어쩔 수 없이 걸음을 돌려야 했단 말입니다. 무슨 뜻인지 아시겠습니까?"

범본의 말투에 점점 살기가 배었다.

"당신들 때문에, 어쩔 수 없이 당신들 때문에 길을 돌아가느라 귀중한 반나절을 허비했습니다. 그 죄, 죽음으로 갚아도 소승의 분노를 가라앉히기는 어려울 것입니다."

＊　　　＊　　　＊

"……."

안령은 한동안 말이 없다가, 입을 열었다.

"섬서 상방."

진자강이 안령을 쳐다보았다.

"우리 가문이 비밀리에 연락을 취해야 할 때 이용한 경로야. 십 년 전 약문 사건에 낭중령의는 물론이고 당가와 연락을 취할 때에도 이후에도, 긴밀하게 움직일 필요가 있을 때마다 섬서 상방의 연락망을 사용했어."

진자강도 순간 깨달았다.

중원은 넓다. 수시로 비밀스러운 연락을 주고받으려면

거대한 연락망을 아주 넓고 촘촘하게 구축해야 한다. 보통의 세력으로는 불가능한 일이다.

안씨 의가도 강호에서는 굉장히 유명한 가문이지만 전국적인 연락망을 갖추고 운용하기에는 부족했다.

이른바 십대문파와 팔대세가 정도의 세력은 되어야 자체적으로 전국적인 연락망을 갖출 수 있었다. 강호 전역에 서벌어지는 일들의 소문과 정보를 가장 빨리 접하고 다시 명령을 내려보내 대응할 수 있는 체제를 가지고 있느냐 없느냐의 차이다.

그래서 안씨 의가는 필수 불가결하게 중원 곳곳까지 뻗어 있는 유통망을 가지고 있으며 동시에 오랫동안 거래하여 신뢰가 높은 상방을 연락망으로 이용했다.

"일반적인 서신은 파발이나 전서구, 표국을 이용할 수도 있지만 정말 중요한 정보는 상방의 유통망을 통해 보내지곤 해. 대부분의 중소 문파들은 모두 그렇게 해 왔어. 그리고……."

안령이 잠깐 말을 이었다.

"약문이 독문을 치려 한다는 정보도 섬서 상방이 알려주었어."

진자강의 눈썹이 꿈틀댔다.

"할아버지는 낭중령의에게 사실을 확인했고 그다음

은…… 아는 대로야."

안령이 자리에서 일어나 진자강을 바라보았다.

"그게 독룡, 당신이 알고 싶어 하던 섬서라는 깃발의 내용이야. 만약에 무언가 더 찾고 싶어 하는 단서가 있다면, 지금이라도 그쪽에서 알아보는 게 좋을 거야."

안령의 손목을 손비가 잡았다. 그러나 안령은 손비의 손을 뿌리쳤다.

"가야 돼. 독룡의 말대로라면 이미 늦었을 수도 있겠지만."

안령은 바로 달리는 마차에서 뛰어내렸다.

안율진을 찾아가는 것일 터였다.

그러나 시간상으로 이미 안율진은 죽음의 길에 들어서 있을 터. 안령이 찾아간다고 해도 늦을 가능성이 컸다. 오히려 안령까지 위험해질 수도 있었다.

손비는 안타깝게 안령의 뒷모습을 쳐다보았다.

사필귀정(事必歸正).

안씨 의가는 스스로의 꾐에 스스로 빠진 것이니 누굴 원망할 것인가.

진자강은 안령이 알려 준 정보를 다시금 되새겼다.

아귀왕이 상방과 관계있을 거라 생각한 진자강의 예측이 맞았다.

당청은 상방을 통해 거사를 위한 준비를 했고, 안씨 의가
는 상방의 연락망을 이용했다.

진자강의 표정이 더 심각해졌다.

어쩌면, 대불은 아귀왕이 아닐지도 모른다.

소림사가 아무리 크고 넓은 세력을 가지고 있다 해도 상
방과 상단들 전체를 손에 넣고 조종할 수 있을 리는 없으니
까.

더더욱 대불을 만나야 할 이유가 커졌다.

톡톡.

손비가 진자강의 팔뚝을 두드리곤 마차의 벽에 글씨를
썼다.

—안령이…… 불쌍해요.

손비는 안령이 남기고 간 술병을 바라보았다.

—안령은 괴로워했어요. 안씨 의가의 생존 방식에 대해
서. 혐오하고 싫어했지만 가문을 위해 따를 수밖에 없었어
요.

"압니다."

손비가 조금 망설이다가 글을 썼다.

—하지만 모르는 것도 있을 거예요. 안령은 당신을 존경
했어요. 당신을 만나기 전부터.

오직 복수 하나만을 위해 앞을 막은 모든 것을 불태우며

달려온 진자강의 행적은 그 일화만으로도 전설이나 다름없었다.

복수야말로 강호 전체에서 통용되는 최고의 협.

안령은 자신이 못한 일을 우직하게 해내고 있는 진자강에게 큰 경외를 느꼈던 것이다.

―당신에게 유독 퉁명스럽게 굴었던 것도, 자신이 생각해 오던 모습을 당신에게 투영해서 그랬을 거예요.

진자강은 대답 없이 고개만 끄덕이고는 다시 앉아서 작하신검을 들고 운기행공에 들어갔다.

진자강은 이미 외상이 거의 나아 있어서 겉은 멀끔했다.

진자강이 운기요상 중인 동안에도 손비는 한참이나 마차 밖을 바라보았다.

※　　　※　　　※

마차는 아침에 무한에 도착했다.

달그락, 달그락.

무한 시내에 들어온 마차가 속도를 줄였다.

진자강이 영귀와 손비를 차례로 쳐다보았다. 영귀는 끄덕였고 손비는 고개를 가로저었다. 그러나 의미는 같았다. 돌아가지 않겠다는 뜻이다.

영귀는 즉시 변장을 하고 마차에서 내려 사람들 틈으로 사라졌다.

손비는 마차를 처분하기 위해 진자강과 함께 시장으로 갔다. 마차를 적당한 가격에 넘기고는 진자강을 빤히 보았다.

—나한테 일다경만 시간을 줄래요?

진자강이 끄덕이자 작은 미소를 머금더니, 진자강을 데리고 포목점으로 갔다. 손비는 포목점 주인에게 대량의 은전을 건네고는 아예 통째로 가게를 빌렸다. 그러곤 이것저것 옷감을 대보더니 짙은 남청색 옷감을 골랐다.

—오늘 밤에 다시 찾아와 주세요, 손님.

손비가 진자강을 포목점 밖으로 내쫓았다.

—자자, 얼른 가라구요.

그러더니 바로 일꾼들을 모아 바느질을 하고 옷을 만들기 시작했다.

진자강은 잠시 포목점 밖에서 안쪽을 쳐다보다가 걸음을 돌렸다.

푸드득.

비둘기의 날갯짓 소리.

새장을 들고 있는 한 남자가 뒤에서 서 있다가 진자강에게 허리를 숙여 인사했다. 남자가 작은 쪽지와 손가락 굵기만 한데 앞뒤가 봉인된 세 개의 대롱을 진자강에게 건넸다.

전서구를 통해 날아온 물건인 듯했다.

진자강은 쪽지부터 열어 보았다.

내 잔재주가 먹혔다면 이 물건들이 네게 잘 전해졌을 것이다.

준비도 없이 곰을 잡겠다고 뛰어드느냐, 무모하게시리. 쯧.

대충 지금 줄 수 있는 것만 보낸다. 근처에 제갈가의 보량고(寶良庫)에 쓸 만한 게 많다니 시간이 나면 한번 들러 보고.

혹시나 재수 없어 뜻을 못 이루고 성불하거든 네 잘못이니까 절대로 찾아올 필요 없다. 꿈자리 뒤숭숭한 건 영 께름칙하니 말이다.

독천이는 내가 잘 돌볼 테니 걱정 말고.

깨알같이 써 있는 글자들에 진자강은 웃음이 나왔다.

"본인답지 않게 말이 길군요."

염왕 당청이다. 당청이 이토록 길게 쓴 것은 그만큼 진자강에 대한 걱정이 크기 때문이리라.

진자강은 남자를 돌려보내고 인적이 드문 곳으로 가 대롱을 열어 확인했다. 첫 번째 대롱에는 진득한 액체가 들어 있었고 두 번째 대롱에는 검은 가루가 들었다.

진자강은 각각의 대롱에 든 독의 맛을 보았다.

잠깐 혀를 대었을 뿐인데 몸이 후끈 달아오르며 머리에 열이 오르기 시작했다. 세상이 빙빙 돌고 환각들이 보이기 시작했다. 머리가 지끈거리고 뇌에 물이 들어찬 것처럼 먹먹해졌다. 동공이 수축과 확대를 반복하며 고름이 섞인 눈물이 줄줄 흘렀다.

자안(慈眼)이다. 당가의 삼대 절명독 중 하나!

부처가 중생을 자비롭게 바라보는 눈이라는 뜻이나, 뇌를 녹이고 눈을 태워 눈구멍으로 뇌수가 줄줄 흘러나오게 하는 극독 중의 극독이다.

진자강은 가라앉기를 기다려 남은 것을 삼키고 검은 가루를 맛보았다.

전신의 살갗이 불붙은 듯 뜨거워졌다. 혼천지에서 살갗이 녹아 유황의 증기에 속살이 닿을 때보다도 훨씬 더 고통스러웠다. 진자강도 어지간한 고통에는 익숙한데 참기 어려워 몸을 배배 틀 정도였다.

그러다가 미친 듯 살갗이 가려워졌다. 진자강이 팔뚝을 긁자 부스럼이 일며 살갗이 벌겋게 되고 농이 흘렀다. 진자강이니까 이 정도이지 다른 사람이었다면 살갗이 찢어지고 농이 줄줄 흘러나왔을 터였다.

소말(燒抹).

멸정은 사람의 내장을 녹여 죽이고, 자안은 뇌를 녹이며, 소말은 살갗을 녹인다.

그야말로 최악의 삼대 독.

진자강은 소말마저 흡입하고 마지막 대롱을 열어 보았다.

세 번째 대롱에는 독이 아니라 예전에 당가대원에서 본 흡혈슬이 들어 있었다. 이가 대롱을 나와 진자강의 손등까지 기어 올라왔다. 그러나 진자강의 손등을 물지는 않았다. 특유의 본능으로 진자강의 손을 물면 죽는다는 걸 알고 있었다. 진자강이 독기를 움직이면 그에 따라 반대로 움직였다. 어느 정도 독기를 조절하느냐에 따라 흡혈슬들을 마음대로 움직이게 할 수도 있었다.

진자강은 흡혈슬들을 대롱으로 몰아넣고 입구를 닫았다.

당청이 대충 보낸다고 했지만 당장에 구할 수 있는 최선의 물건들이었을 터였다.

"나머지는 제갈가에서 구하라……."

그렇잖아도 수라경은 망가지고 암기 다수를 사용하여 진자강은 절겸도 외에 손에 쥔 것이 거의 없었다. 물론 시중의 대장간에서 구할 생각으로 오긴 했으나, 그렇게 아무 데서나 구한 물건으로 대불을 상대한다는 것도 우스운 일이다.

그렇다고 나머지를 제갈가에서 구하라니.

진자강이 제갈가의 가주인 제갈문을 죽인 것이 보름도
채 되지 않았다. 당청도 모르지 않을 터인데 이런 말을 한
것은 역시나 염왕답다.

앞뒤 상황이니 예의니 따질 때가 아니라는 걸 당청이 잘
짚어 주고 있었다.

"제갈가……."

제갈가의 장원은 무한에서 아주 가깝다.

*   *   *

진자강은 반 시진 만에 제갈가의 장원을 찾아갔다.

숨지 않고, 몰래 잠입하지도 않았다.

당당히 찾아가서 문지기에게 말했다.

"최명부의 빚을 받으러 왔습니다."

제갈가의 장원은 비상이 걸렸다. 진자강이 대불을 만나
러 가는 건 알았지만 갑자기 중간에 새서 자신들에게 올 줄
은 생각도 못 했다.

최명부는 진자강을 죽이기 위해 발동되었다. 그러나 진
자강을 죽이기는커녕 가문의 고수들만 줄줄이 죽어 나가
고, 바로 얼마 전에는 가주인 제갈문까지도 죽었다.

그리고 마침내 진자강이 찾아와 최명부의 빚을 받으러

온 것이다.

최명부를 실패한 것은 어쩔 수 없는 일이나 책임까지 회피할 수는 없다. 하나 대다수의 고수가 진자강의 손에 죽은 이때 싸운다는 것도 큰 의미가 없는 일일 터였다.

진자강은 일다경의 시간을 제시하고 기다렸다.

오래 고민할 시간이 없었다. 결국 제갈가에서 가장 나이 많은 장로가 죽음을 각오하고 진자강의 앞에 나섰다.

"듣자 하니 대불을 만나러 간다 하였는데 시간을 쪼개 우리에게까지 들른 건가? 이를 고맙다고 해야 하나."

장로의 뒤에서 무기를 쥔 제갈가의 이들이 마른침을 삼키며 사태를 지켜보았다.

진자강이 대답했다.

"최명부를 발부했으니 정산도 해야지요. 언제까지 뒤통수에 칼을 두고 살 수는 없지 않습니까."

"정산. 해야지. 그래, 무얼 원하는가. 본 가의 멸문?"

"그것도 좋겠군요. 어차피 내가 그만두자고 해도 그만두지 않을 것 아닙니까."

장로의 주름진 얼굴에 핏대가 돋았다.

"그렇다!"

"그럼 다른 길이 없는 건 아닙니다. 멸문은 멸문이고 최명부에 대한 빚은 받아야 하니까요."

"음? 다른 방식으로 최명부의 대가를 치르라는 뜻이냐?"

"보량고."

장로의 얼굴이 일그러졌다. 진자강이 대불을 만나기 전에 보량고의 무기를 원하는 것이다.

"놈…… 가주까지 죽이고 이제는 가문의 보물을 노려? 차라리 우리를 다 죽이고 가져……!"

진자강이 인상을 썼다.

"내가 도적입니까?"

진자강은 기분 나쁜 얼굴로 바닥의 흙을 한 줌 쥐었다 흩뿌렸다.

훅!

멀쩡한 황토가 시커먼 독분이 되어 뿌려졌다. 장로와 제갈가 이들이 독기를 느끼고 놀라서 뒤로 물러났다.

"싫으면 그냥 다 죽이고 가져가겠습니다."

제갈가 이들의 얼굴이 일그러졌다.

그게 도적인데?

그 순간 제갈가 이들은 진자강과 대화가 통할 것 같지 않다는 생각이 들면서 등줄기가 오싹해졌다.

제갈가의 식솔들은 굳은 얼굴로 한 짐 짊어지고 돌아가는 진자강의 뒷모습을 바라보았다.

어처구니없게도 눈 뜨고 털렸다는 말이 이런 기분일 터였다.

대불과 싸우기 위해 제갈가의 무고를 털었다는 것이 소문나면…….

그러나 당장에 한 줌 독수가 되어 녹아내리는 것보다는 이후의 일을 걱정하는 것이 어떻게든 나으리라.

第六章

만월야(滿月夜)

　여염집 아낙으로 분한 영귀가 손비와 함께 숙소에 와 있는 진자강을 찾았다.

　"대불이 오전에 강서의 경계를 넘었다고 합니다. 최소 마흔 명의 인원으로 추정되고 있어요. 오늘 밤 자정에는 무한으로 들어올 거예요."

　나한승이 마흔 명!

　거기에 금강승까지 섞여 있다면 그야말로 어마어마한 전력이었다.

　영귀와 손비는 여기까지 함께 오긴 했으나 아직 진자강이 어떤 식으로 나한승들을 떨쳐 낼 것인지도 알지 못한다.

때문에 걱정이 이만저만이 아니었다.

이제 앞으로 길어야 두어 시진.

그 시간으로 진자강이 어떻게 대응할 수 있겠는가. 그나마도 당청이 아니었으면 벌지 못했을 시간이었다.

손비가 옷을 들고 진자강의 앞으로 다가왔다.

시간이 부족하다는 얘기를 듣고 급히 옷을 완성했는지 몸에 실이며 부스러기가 잔뜩 붙어 있었다.

손비가 부끄러워하면서 남청색의 옷을 진자강에게 걸쳐 주었다.

다소 질투의 눈으로 보던 영귀도 깨끗한 옷으로 갈아입은 진자강의 모습을 보고 입을 벌렸다.

"잘 어울리네요."

손비는 연신 진자강의 옷매무새를 만져 주다가 진자강의 얼굴을 바라보았다. 진자강도 손비의 시선을 피하지 않고 마주 보았다.

"고맙습니다."

손비가 진자강의 손에 글씨를 썼다.

—나중에…… 오늘 살아남는다면…….

손비는 뒷말을 쓰지 않았다. 그것이 손비의 마음을 더 드러내어 주었다.

진자강이 말없이 고개를 끄덕였다.

손비는 진자강에게서 물러섰다.

영귀가 진자강이 든 자루를 보았다.

"근데 뭐예요, 그거."

"잠깐 도적질을 했습니다."

"네?"

진자강은 숙소 밖 창을 내다보았다. 언덕에 자리 잡고 있는 황학루가 보였다. 저녁이 되니 더 많은 사람들이 황학루를 찾아오는 중이었다. 예전에 진자강은 운정과 함께 황학루를 찾은 적이 있었다.

"시간이 부족하군요. 굳이 이러고 싶지는 않았지만, 황학루를 빌려야겠습니다."

"황학루는 많은 사람들이 오는 명소라 결전의 장소로는 적당하지 않아요. 게다가 쉽사리 빌려 주지도 않을……."

진자강이 자루를 뒤적거리면서 안에 있는 옥패를 꺼냈다. 명확하게 제갈가의 표식이 새겨져 있었다. 황학루는 제갈가에서 관리하는 곳이다.

영귀가 핏 웃었다.

"도적이 되었다더니 어딜 다녀왔는지 알 것 같네요."

"이제부터 두 분은 황학루에서 최대한 멀리에 떨어져 계십시오."

진자강은 심호흡을 했다.

"오늘 밤 황학루는 지옥이 될 겁니다."

＊　　　＊　　　＊

퍽, 퍼억!

마흔 명이나 되는 승려들이 바닥을 찍으며 앞으로 나아가고 있었다. 바닥에 족적이 깊이 패었다.

대력신정.

몸을 가볍게 하는 다른 경신법과 달리 발자국을 뚜렷하게 남기는 소림사 특유의 경공법이다.

추적자들이 있다 해도 전혀 개의치 않는다. 백주(白晝)에 대로를 거닐듯 정도(正道)만 걷겠다는 의미가 담겨 있다.

그러나 승려들의 가사에는 온통 핏자국이 가득했다. 말라붙은 지 며칠 되지 않은 핏자국이었다.

휘익, 휙.

멀리 옆쪽에서 한 명의 승려가 대열에 따라붙었다. 입술을 달싹여 전음을 보냈다.

가장 선두에 서 있던 대불 범본이 중얼거렸다.

"그렇습니까. 독룡 시주가 무한에 이미 와서 자리를 잡았다구요."

진자강은 머리가 좋고 주력으로 독을 쓴다. 벌써 자리를 잡았다는 건 대비를 해 두었을 가능성이 크다는 뜻이다.

"중간에 시간을 허비한 것이 아쉽지만, 이젠 굳이 서두르지 않아도 되겠군요."

하나 말과는 달리 범본은 속도를 줄이지 않았다. 승려들은 이제껏 달려온 것과 같은 속도로 무한을 향해 질주할 뿐이었다.

만월.

휘영청 보름달이 새하얀 빛을 뿌리고 있었다.

＊　　　　＊　　　　＊

진자강은 황학루 삼 층을 통째로 빌렸다.

많은 사람들이 늦은 밤까지 황학루의 일이 층을 가득 메우고 있었다. 오늘은 보름이라 동호 위로 떠오른 보름달의 정취가 평소보다 멋들어졌다. 자정이 되도록 인파가 끊이지 않았다.

하나 진자강이 자신이 왔다는 사실을 관리인 외에는 비밀로 하고 있어서 일반 손님들은 아무것도 모른 채 풍류를 즐기고 있을 따름이었다.

영귀와 손비는 멀찍이에서 황학루를 지켜보았다.

곧 사람들의 가운데에서 갑자기 술렁거림이 느껴졌다.

'왔다!'

승려들이 도착했다.

가장 선두에 있는 승려는 금빛 가사를 입었는데, 덩치가 남들의 서너 배는 더 되어 보이고 머리통도 두 배는 더 컸다. 소림사의 승려들은 외공을 익혀 몸이 결코 작지 않은데도 그 뒤에 있으니 마치 어른의 뒤를 아이들이 쫓는 것처럼 보였다.

누군지 바로 알 수 있었다.

드디어 대불 범본이 왔다.

둘 다 생사를 넘나드는 싸움을 몇 번이나 해 왔지만 이번만큼은 긴장이 되어 손에 땀까지 났다. 자기도 모르게 무기에 손이 가 있었다.

과연 진자강이 외부의 도움 없이 대불을 이길 수 있을까.

이긴다 하더라도 저 많은 숫자의 나한승들을 헤치고 살아 나올 수 있을까.

왜 진자강은 굳이 일반 사람들이 잔뜩 있는 곳을 결전지로 골랐을까.

          *   *   *

범본은 삼 층 누각을 올려다보았다. 일이 층에는 손님이 아직도 많아 승려들을 내다보고 웅성거리는 중이었는데 불이 켜져 있는 삼 층만 내다보는 사람도 없이 고요하다.

범본의 입가에 미소가 어렸다.

"독룡. 이 많은 사람들을 인질로 잡으려 합니까? 그대의 행적은 잘 알고 있습니다. 애꿎은 사람들을 방패로 삼는 것은 시주답지 않습니다."

황학루의 관리인인 여인이 두려움에 떨며 황학루를 나와 범본을 맞이했다.

"독룡 시주가 안에 있습니까?"

"예, 예…… 삼 층에 있습니다."

범본이 두꺼운 목으로 끄덕였다.

"비우십시오."

"예?"

"손님들은 물론이고 점원들까지. 아무도 남아 있을 필요가 없습니다."

여인이 급히 돌아가 영업 종료를 알렸다. 사람들이 불평하며 나오기 시작했다. 그러나 나와서 황학루 밖에 진을 치고 있는 승려들을 지나칠 때에는 입을 다물었다.

핏자국이 잔뜩 밴 가사를 입고 험악한 표정으로 서 있는 건장한 승려들을 보고 겁을 먹지 않을 도리가 없었다.

범본만이 두꺼운 손을 들어 일반 손님들을 안심시키려 하였다.

"나무아미타불. 우리는 악적을 잡으러 온 것뿐이니 부디 안전하게 자리를 피하도록 하십시오."

그때 삼 층의 난간에서 진자강이 모습을 드러내었다.

진자강을 본 사람들이 잠깐 걸음을 멈추고 진자강을 보며 술렁거렸다.

진자강이 아래를 내려다보며 물었다.

"물어볼 게 있어 대화를 하자고 했더니, 패거리를 잔뜩 끌고 왔습니까?"

패거리란 말에 나한승들의 이마에 핏발이 섰다.

그러나 범본은 전혀 동요하지 않았다. 오히려 되물었다.

"소승이 고작 대화나 하자고 이 먼 거리를 되돌아왔겠습니까?"

"그래서 승냥이처럼 떼로 몰려온 거로군요?"

범본이 웃었다.

"많은 사람들이 보고 있는 가운데에 여럿이 한 명을 핍박한다…… 그런 효과를 노린 것이라면 잘못 생각한 것입니

다. 소승은 세간의 작은 평가에 좌지우지되지 않습니다."

지켜보던 사람들이 고개를 갸웃거렸다. 개중에는 독룡이 소림사의 방장을 만나러 간다는 소문을 들은 이들도 있었다.

그들이 놀라 소리쳤다.

"독룡! 독룡이 와 있는 거야!"

사람들의 얼굴이 잿빛이 되었다.

"으아아!"

"사, 살려!"

사람들은 거의 도망치듯이 황학루를 벗어났다.

일반 고수들의 싸움을 구경하다가도 날벼락을 맞을 수 있는데 하필 독룡이라니! 중독이 되면 결코 살아남을 수 없다는 걸 잘 알고 있었다.

"저런……."

넘어지고 자빠지며 굴러서까지 도망가는 이들을 보며 범본이 안타까운 얼굴을 했다.

범본이 위를 보며 말했다.

"보이십니까, 독룡 시주? 당신의 속셈은 너무 간단히 실패했습니다."

진자강은 내다보다가 삼 층으로 들어가 버렸다. 더 이상 삼 층에서는 아무런 대답도 들려오지 않았다.

이어 마지막으로 황학루에서 일하던 이들이 허겁지겁 나와 달아났다.

얼마 지나지 않아 황학루는 텅 비었다.

불이 켜져 있는 삼 층에서도 여전히 반응이 없었다.

누가 봐도 그물을 쳐 두고 들어오라 유인하는 것이다.

범본이 고개를 저었다.

"거미가 줄을 치면 작은 곤충은 잡아먹을 수 있지만, 참새는 잡을 수 없습니다. 오히려 거미가 참새의 먹이가 되고 말지요."

범본은 가만히 삼 층을 올려다보다가 손을 들었다.

나한승들이 내공을 끌어 올리며 황학루 내로 진입할 준비를 했다. 이제 손만 떨어지면 바로 뛰어 들어갈 것이다.

그러나 범본은 명령을 내리지 않고 한동안 생각에 잠겼다. 진자강이 한 말을 되뇌고 있었다.

"패거리…… 승냥이 떼……."

범본이 중얼거렸다.

"아아, 그렇군요. 독룡 시주는 일부러 그런 좋지 않은 말로 나를 자극했군요. 우리 제자들 여럿이 한 번에 들어와 주기를 바라고 있는 거로군요."

범본의 입가에 길게 미소가 생겼다.

"사람들이 잔뜩 있었으니 미리 독을 뿌려 두지는 않았겠

지, 하고 안심하게 한 뒤…… 소승을 자극하여 본사의 제자
들 다수가 진입하면 한꺼번에 중독시킬 셈인 것이지요. 그
래 놓고 본인은 나와 대화를 하자고 하였을 뿐이니, 제자들
을 이끌어 무력을 행사한 내게 책임이 있다…… 그리 성토
하려는 것인지요?"

범본은 명령을 내리지 않고 손을 내렸다.

성큼!

범본 스스로가 앞으로 나섰다.

"그 정도로 대화를 하고 싶다면 시주의 소원을 들어 드
리지요. 하나 그 대가는 치러야 할 겁니다."

삼 층에서 대답이 들려왔다.

"얼마든지."

나한승들을 뒤로 둔 채, 범본이 황학루의 입구로 진입했
다. 범본의 커다란 체구가 문을 아슬아슬하게 가득 메울 정
도였다. 범본이 진입한 순간, 언제 장치해 둔 것인지 입구
의 위에서 흰 가루들이 풀풀 쏟아져 내렸다.

범본은 사람들이 황급히 나오느라 미처 치우지 못한 탁
자와 널린 찻잔들을 보며 이 층으로 가는 계단을 찾았다.
계단을 밟으려다가 발을 멈췄다. 계단에 뾰족한 침이 심어
져 있었다. 범본은 내공을 담은 발로 침을 지르밟았다. 침
은 범본의 발바닥을 뚫지 못하고 휘어지며 눌렸다.

"과연······ 사람들이 몰려나오는 그 짧은 사이를 이용해 미리 재주를 부려 두었다, 라······. 방심하게 만드는 수는 좋았으나, 그리 급하게 재주를 부린다고 먹히겠습니까?"

범본은 빙긋 웃으면서 계단을 천천히 걸어 올랐다. 걸어 오르는 동안 또다시 독분이 쏟아져 계단을 메웠다. 범본은 호흡을 멈추고 독분을 맞으면서 이 층으로 올랐다. 이 층으로 오른 후 머리의 독분을 털고 복도를 걸었다. 바닥 곳곳에 독침이 숨겨져 있었다. 그러나 범본은 아무렇지 않게 독침을 밟아 꺾거나 휘게 만들어 버렸다.

범본은 방과 복도를 지나 금세 삼 층으로 향하는 계단을 올랐다.

그때 무언가 불쾌한 기분이 엄습했다.

범본이 삼 층으로 가는 계단을 오르다 말고 멈췄다.

자글자글.

무언가 끊임없이 범본의 감각을 이상하게 만들었다.

삼 층에서 느껴지는 기척이 굉장히 둔했다. 마치 시장의 한복판에서 진자강의 기척을 찾아야 하는 것처럼 기감이 방해를 받았다.

"흠."

범본이 아이의 팔뚝 굵기만 한 손가락으로 계단의 벽면을 꾹 눌렀다.

팍.

피가 터지면서 이 한 마리가 짓눌려 죽었다.

범본이 묘한 표정을 지었다.

"이상한 짓을 하는군요."

그런데.

갑자기 밖에서 비명이 들려오기 시작했다.

"으아악!"

"크악!"

나한승들의 비명이었다.

          *   *   *

진자강은 거침없이 나한승들의 사이로 뛰어들었다.

나한승들이 철포삼을 두르고 진자강을 에워쌌다. 진자강은 곡물을 빻아서 만든 곡분(穀粉)에 독을 섞어 만든 독분을 한 줌 뿌렸다. 나한승들이 소매를 휘두르며 한 걸음 물러났다.

진자강은 곧바로 번개처럼 손목을 돌렸다.

손가락 사이에서 한 자루의 침이 뛰어 나왔다. 진자강의 정면에서 물러나고 있던 나한승 한 명이 진자강과 눈이 마주쳤다. 나한승이 진자강의 손에 들린 독침을 보았다. 진자강이 손가락을 튕기며 독침을 쏘아 내는 것도 보았다.

번쩍, 독침이 섬광처럼 날아들었다.

섬절!

나한승이 양팔을 앞으로 모으고 최대의 내공으로 호신강기를 펼쳤다. 도검불침. 한낱 암기로 철포삼을 뚫을 순 없다!

나한승이 팔뚝에 두른 소맷자락에 침이 꽂혔다. 침 끝이 걸리면서 휘는가 싶었는데, 의외로 휘지 않고 아주 살짝 소맷자락을 뚫고 들어갔다.

순간 나한승의 이마에 퍼런 핏줄들이 돋아났다. 눈에 핏발이 섰다. 전신에 소름이 돋아 있었다.

나한승이 이를 악물고 저도 모르게 잇새로 신음을 내뱉었다.

"으으으으—!"

지독한 고통을 억지로 참아 내는 듯한 신음이었다.

푸욱.

신음이 나오자마자 독침은 소맷자락을 뚫고 들어가 나한승의 팔뚝에 반이나 틀어박혔다. 나한승이 마비되어 벌벌 떨리는 팔뚝을 치켜들었다.

천조섬절.

당청이 소림사의 호신강기를 뚫기 위해 수십 년을 골몰하여 만들어 낸 강기 파괴의 비술.

그것이 마침내 진자강의 손에서 사용되고 있었다.

나한승이 믿을 수 없다는 표정으로 독침을 뽑았다. 꽂힌 자리가 순식간에 부어오르고 작게 뚫린 구멍에서 고름이 맺히기 시작했다.

"으, 으으으……."

나한승의 목을 타고 머리로 핏줄이 올라갔다. 충혈된 눈이 누레지고 코에서 한 줄기의 피가 흘렀다.

나한승이 머리를 감싸 쥐고 고통을 호소하더니 갑자기 양 눈을 붙들고 고래고래 비명을 질러 대었다.

"으, 으아아아아악!"

*　　　*　　　*

어지간해서는 신음도 내지 않을 나한승들이 비명을 내지른다고?

범본은 즉시 창가로 밖을 내다보았다.

나한승들이 누군가에 의해 공격을 받고 있었다. 암기를 던지고 독장을 쏘며 나한승들의 사이를 휘젓고 있었다. 나한승들이 최대한 침착하게 대응하려 하는데도 잘되지 않고 연신 밀렸다. 무위에서도 차이가 나는데 상대가 쓰는 독 때문에 더 대응이 어려워 보였다.

"아아악!"

그중 한 명, 중독된 나한승이 눈을 감싸 쥐고 버둥거렸다. 범본은 나한승을 지켜보았다. 나한승이 감싸 쥔 눈에서 피고름이 줄줄 흘러내렸다. 팔다리는 중독되면 자를 수 있지만 눈은 어쩔 수 없다. 이미 뇌가 상해 눈으로 흘러나오는 순간에는 늦다.

곧 코로도 피 섞인 뇌수가 흘러나오더니 나한승이 팔다리를 떨면서 그대로 쓰러져 죽었다.

범본이 얼굴을 찌푸려 미간에 아주 작은 실금이 생겼다.

"자안?"

당가의 삼대 절명독 자안!

무려 그 자안을 나한승들을 상대하는 데 쓰고 있다!

어지간한 독이라면 나한승들도 내공으로 버틸 수 있을 텐데, 그것이 당가의 삼대 절명독이라면 얘기가 다르다. 나한승들의 내공으로는 당가의 삼대 절명독까지는 버틸 수 없다.

상대는 앞이 안 보이는 데다 고통 속에서 허둥대는 나한승들을 착실하게 죽여 가고 있었다.

범본의 눈이 찡그려졌다.

상대의 행동에서 지극한 살기가 느껴졌다. 자안까지 쓰는 걸 보면 단순히 소동을 일으키는 게 목적이 아니었다. 한 명 한 명 착실하게 죽여 수를 줄이는 중이었다.

짧은 사이에 정예에 속하는 나한승 넷이 죽어 나갔다.

소림사 무력의 기본이 되는 나한승이 넷이나!

금강승이 나섰다. 금강승들이 금란철주를 일으켜 가사를 팽팽하게 부풀리고 상대의 앞을 막았다.

그러고서야 겨우 살육의 속도가 둔해졌다. 그래도 독기가 어찌나 강한지 여전히 독기에 영향을 받는 나한승들이 있었다.

"으으으……."

나한승들이 머리를 감싸 쥐고 끙끙댔다. 독기에 노출된 것만으로도 눈에 핏발이 서고 피눈물을 흘려 댔다. 독기가 퍼진 곳은 서 있을 수 없어, 나한승들의 대열이 엉망으로 흐트러졌다.

범본의 눈썹이 꿈틀댔다.

"독룡 시주. 소승이 사람을 잘못 보았소이다. 이리도 비겁한 짓을 하는 것입니까?"

금강승이 나한승들을 막아서며 진자강과 대치했다. 공격이 막힌 진자강이 뒤로 물러나 위를 올려다보았다. 범본과 진자강의 눈이 마주쳤다. 진자강은 거의 무표정한 얼굴이었다.

범본은 그게 더 마음에 들지 않았다. 범본의 행동을 비웃는 표정을 지었다면 오히려 괘씸하다는 생각이 들었을 터였다. 그런데 진자강의 표정은 진지하기 짝이 없다.

진지하게, 최선을 다해 사람을 죽인다?

기이한 느낌이 범본을 휘감았다.

진자강의 모습은 범본이 이제껏 보아 왔던 살인귀들과는 전혀 다른 모습이었다. 목숨을 가벼이 여겨 장난처럼 사람을 죽이는 살인귀가 아니다.

오히려 누구보다 목숨을 무겁게 여기고 있다.

하나 그렇다는 것은 표적이 된 자에게는 자연재해에 가까운 일이다.

타인의 목숨을 무겁게 여기는 자는, 그 무거운 목숨을 죽이겠다고 마음을 먹었을 때 최선을 다해서 반드시 죽이려 들 테니까.

한 번 표적이 되면 반드시 죽는다.

나한승들도 그 같은 느낌을 받고 움츠러들었을 게 분명하다.

범본은 바로 창문으로 뛰어내리려다가 멈칫했다.

창틀에도 독침이 거꾸로 박혀 있었다. 내공을 운용하지

않고 급하게 창틀을 밟거나 손으로 짚으면 박혔을 터였다.

아무리 생각해도 묘하다. 황학루에 손님들이 잔뜩 있었을 때에는 독 함정을 설치할 시간이 없었을 것이고, 방금 전에는 삼 층에서 범본과 대화를 했다.

사람들이 달아날 때에 혼란을 틈타 계단에 침을 박고 독분이 든 자루를 대들보에 걸었다고 해도, 이 층의 창틀마다 일일이 침을 박아 둘 시간까지는 없다. 그건 설사 범본이라고 해도 불가능하다. 대불이 어떤 창틀로 나올 줄 알고 그런 시간 낭비를 한단 말인가.

대불은 안력을 높여 좌우의 창틀들을 살펴보았다.

함정이 없다.

"아아."

이 창틀에만 독침이 박혀 있었다는 뜻이다.

그리고 범본 자신이 이쪽으로 오도록 유도하기 위해 일부러 독침이 박힌 창문 아래에서 나한승들과 싸웠다는 것이다.

범본은 기분이 더 나빠졌다.

불쾌한 기분을 떨쳐 내기 위해 거친 숨을 토해 낸 범본은 솥뚜껑 같은 두툼한 손바닥으로 독침이 박힌 창틀을 찍어 눌렀다.

콰자작!

창틀이 벽면과 함께 눌려 으깨졌다. 벽면에 휑한 구멍이 뚫렸다. 범본이 거대한 덩치로 뚫린 구멍을 밀치고 아래로 뛰어내렸다.

쿠웅!

범본의 무게가 땅바닥에 흙먼지의 구름을 일으켰다.

진자강은 범본이 나오려 할 때에 이미 일 층의 열린 곳으로 도로 들어가 황학루 안으로 숨었다.

범본은 바로 쫓지 않고 잠시 기다렸다.

"셋…… 넷…….."

범본이 조그맣게 읊조리며 수를 셌다.

진자강은 그사이 안쪽에서 황학루의 삼 층까지 올라가, 무슨 일이 있었냐는 듯 범본을 아래로 내려다보고 있었다.

"……열둘."

범본은 진자강이 삼 층에서 고개를 내밀 때까지 걸린 시간을 계산했다. 쭉 달려 올라가는 것치고는 조금의 시간이 더 걸렸다. 누각 외부에서 벽을 타고 삼 층까지 한 번에 올라갈 수 있는데도 굳이 안쪽으로 올라간 것도 그렇고.

진자강이 올라가면서 또 함정들을 새로 설치한 것이다.

진자강은 범본을 향해 말을 건넸다.

"대화할 생각이 없다면서 왜 그러십니까."

범본의 입가에 승려답지 않게 살기 어린 미소가 그어졌다.

"어디, 얼마나 준비했는지 소승이 한번 구경해 드리지요."

범본은 바로 삼 층까지 도약할 수 있음에도 일부러 진자강이 간 방향으로 따라 들어갔다.

당연하다는 듯이 바닥과 난간에는 침이 박혀 있었다. 문틀에는 비수가 박혀 있어서 모르고 지나치면 긁히게 되어 있기까지 했다. 범본은 철포삼을 팽팽하게 부풀리곤 거침없이 올라갔다.

뚜둑 뚝!

철포삼에 걸린 침과 비수들이 부러지고 휘어져 튕겨 나갔다. 범본은 몸으로 진자강이 설치한 독들을 죄다 부수고 올라갔다.

하나, 이 층까지 올라가니 기감이 흐릿해지고 흡혈슬의 잡기운이 끼면서 진자강의 기척이 느껴지지 않는다.

그리고는 이어 들려오기 시작한 비명.

범본의 미간에 실금 하나가 더 늘었다. 노기를 띤 이마에 불그스름한 기운이 생겼다.

진자강이 또다시 황학루 밖으로 뛰어내려 나한승들을 도륙하고 있다.

범본은 창가에서 아래를 내려다보았다.

나한승들이 대열을 유지하지 못하고 우왕좌왕하는 것이 보인다. 제아무리 고수와 싸워도 절대로 물러서지 않는 나한승들이……!

게다가 진자강이 맹독을 써 대고 있어서 나한승들은 내공으로도 버티지 못하고 죽어 나가는 중이다.

"으아악! 으악!"

이번에는 아까보다 더 비명 소리가 컸다. 나한승들이 온몸을 긁으면서 괴로워하고 있다. 자신의 팔다리와 배를 긁는데, 긁을 때마다 살가죽이 찢겨 나가면서 고름이 맺힌다.

"소말!"

자안과 소말로 죽은 나한승들의 시신이 녹으면서 스스로의 몸으로 독기를 뿌려 대고 있었다.

"멸정까지……!"

당가의 삼대 절명독 멸정, 자안, 소말이 모두 나왔다.

어째서 나한승들을 죽이는 데 자안이나 소말 같은 귀한 독을 쓰는가 의아했는데, 그 이유를 이제 알 수 있었다.

진자강이 나한승들을 죽이면 그들의 피와 살이 독이 되어 그 자리에 독기 가득한 독장(毒場)을 형성한다. 당가의 삼대 절명독이 만들어 낸 독장의 영역이 늘어나는 것이다.

싸우면 싸울수록, 나한승들이 죽는 숫자가 늘어갈수록 독장의 범위는 더욱 넓어지고 반대로 소림승들이 운신할 여지는 좁아지게 된다.

사람은 이쪽이 많은데, 시간을 끌면 끌수록 진자강이 유리해지는 기이한 구도가 되어 버렸다. 일반적인 양상과는 다르다.

이것이 독이라는 수법의 특성이자 장점인 것이다. 그 점을 이토록 교묘하게 활용하는 게 진자강의 능력인 것이고!

"실로 치밀한……."

도검이라면 철포삼으로도 버티는데, 독은 그렇지 못하다. 살갗에 닿으면 조금씩 독기가 침투해서 오래 버틸 수 없고, 만일 숨이라도 크게 쉬면 끝장이다. 독장을 밟거나 지나가는 것만으로도 독기에 영향을 받게 되리라.

어지간한 독도 아니고 무려 당가의 삼대 절명독이니!

범본이 창밖으로 뛰어내렸다.

쿵! 흙먼지 구름이 밀려나며 아래에 있던 독기들을 밀어냈다. 진자강은 범본이 뛰어내리자마자 황학루로 들어갔다.

범본이 명령했다.

"황학루를 포위하십시오!"

모여 있지 않고 흩어지면 진자강의 공격에 취약해질 수 있다. 그러나 몰려 있어도 별다른 소용이 없다. 독장 때문이다.

피해를 줄이려면 차라리 다소의 희생을 감수하고 최대한 진자강을 빨리 잡는 것이 최선이다.

범본의 눈이 번들거렸다.

"이번에 내려오면 무슨 일이 있어도 그를 놓치지 말고 잡아 두셔야 합니다. 아시겠습니까?"

나한승들이 힘주어 소리쳤다.

"예엣!"

삼 층에서 진자강의 목소리가 들려왔다.

"뭐 하십니까?"

범본은 이제 굳이 안으로 따라 들어가지 않았다. 즉시 발을 굴렀다.

쿠웅!

범본의 육중한 몸이 순식간에 떠올랐다. 범본은 이 층의 지붕을 밟고 한 번 더 뛰어 삼 층까지 올랐다.

그런데…….

목소리는 분명히 삼 층에서 들려왔는데, 일 층에서 진자강이 튀어나오는 게 아닌가!

진자강은 나한승 한 명을 더 죽여서 독장을 만들어 놓고는 보란 듯 범본을 올려다보았다. 놓치지 말라고 해도 진자강을 막기란 말처럼 쉬운 일이 아니었다.

범본은 삼 층의 처마에 발을 걸고 거꾸로 서서 두 눈을 부릅뜨고 아래를 내려다보았다.

목소리가 들려온 시간과 일 층에서 튀어나온 시간이 거의 동시였다. 사람이 두 사람인 게 아니고서야…….

진자강이 허공에 매달린 가느다란 실 같은 것을 들어 보였다. 실은 삼 층의 다실 한 칸의 난간에 연결되어 있었다. 진자강이 실을 입에 물고 말했다.

"제갈가에 신기한 재주를 가진 물건들이 많이 있더군요."

진자강은 일 층에서 말했는데, 목소리는 일 층이 아니라 범본이 있는 삼 층에서 들려오고 있었다.

"제갈…… 가?"

범본의 눈썹이 치켜 올라갔다. 제갈가의 이름을 기억해 두기라도 할 것처럼 되뇌었다.

"제갈가에서 그대에게 협력했다니, 실로 유감스러운 일입니다."

진자강이 대꾸했다.

"제갈가도 마찬가지일 겁니다."

범본이 진자강이 든 실을 보았다.

저것을 이용해 소리로 자신의 위치를 교란시키고 그사이 나한승들을 처리하려 하였다니…….

범본이 거꾸로 매달린 채 말했다.

"아무래도 혼나야 할 사람이 한둘이 아니겠습니다."

범본은 처마에 건 발끝을 폈다.

거꾸로 매달린 상태 그대로 뚝 떨어졌다. 삼 층에서 떨어져 머리부터 땅바닥에 부딪쳤다.

쿠웅!

정수리를 땅에 박은 채로 물구나무를 선 것처럼 곧게 몸을 거꾸로 한 범본이다. 범본이 가느다란 눈을 뜨고 안으로 숨어 들어간 진자강을 노려보았다.

그 상태로 어깨와 목을 움츠리나 싶더니 목을 쭉 폈다. 백회혈에서 내공이 폭발하듯 쏟아져 나와 바닥을 밀었다.

퍼엉!

바닥이 요동치며 머리를 아래로 한 상태 그대로 범본의 몸이 높이 떠올랐다. 진자강이 이 층을 통해 올라가는 모습까지 확인했다. 올라갔던 범본이 자연스레 떨어져 다시금 머리로 바닥에 착지했다.

쿵!

범본은 재차 머리에 내공을 모아 바닥을 밀어서 거꾸로 몸을 띄웠다. 삼 층으로 오르는 계단에 진자강이 있는 것을 확인하고는 발을 처마에 붙여 걸었다.

진자강이 창문 밖에 범본이 거꾸로 서서 자신을 노려보는 걸 보곤 계단을 내려갔다. 범본은 처마에서 발을 떼고 다시 바닥으로 뚝 떨어졌다.

쿵!

삼 층 높이에서 머리로 바닥을 찧었는데도 범본은 아무렇지 않다.

그야말로 기괴한 행태…….

진자강이 올라가면 따라 올라가고, 내려가면 따라 내려온다.

진자강의 신묘하기까지 한 두뇌 싸움을 기상천외한 행동으로 응수하는 것이다.

범본이 머리를 땅에 댄 채 두툼한 양손을 앞으로 내어 주먹을 쥐었다 폈다 했다. 그러더니 머리로 힘껏 땅을 밀어 다시금 떠올랐다.

펑! 범본의 몸이 거꾸로 솟구치면서 두 눈이 동그랗게 떠졌다. 진자강이 이 층에서 떠오른 범본을 기다리고 있었다. 서로의 눈이 마주친 순간, 진자강이 날카로운 비수를 던졌다.

범본은 뒤로 양팔을 젖혔다.

끼이이이! 양팔의 소맷자락이 빨래를 짜듯 둘둘 꼬이며

감겼다. 범본은 팔을 앞으로 던지듯 하며 쌍권을 뻗었다.

백보신권!

주먹에서 무지막지한 권풍이 뿜어져 나왔다. 게다가 하나도 아니고 양 주먹에서!

진자강이 던진 비수는 권풍에 휘말려 앞으로 나아가지 못하고 튕겨져 버렸다. 권풍은 진자강이 있던 자리를 완전히 휩쓸었다.

콰과과과!

찻잔과 꽃을 꽂은 화병들이 휘말려서 종이처럼 날아다니고 탁자가 으깨지며 밀려 나갔다. 바닥의 판자들이 뜯겨서 판자에 박힌 나무못들이 날아다녔다. 사람을 셋 합친 것보다 더 두꺼운 나무 기둥이 흔들렸다. 기둥의 겉 조각들이 잘게 쪼개져서 사방으로 날려졌다.

순식간에 진자강이 서 있던 자리가 싹 쓸려 버렸다. 멀쩡했던 나무 바닥과 벽이 쇠스랑으로 마구 긁어 대어 거칠게 뜯겨 나간 모양이 되었다.

퍼어어엉!

범본이 백보신권을 쏘아 낸 곳, 황학루 이 층의 반대편 벽이 터지면서 권풍에 밀려난 온갖 부서진 집기들이 허공으로 흩어졌다.

두 줄기의 거대한 동굴 같은 구멍이 생겨났다.

진자강은 일찍이 백보신권의 위력을 경험한 바 있다. 섣불리 맞서지 않고 아예 천장을 박살 내어 위층으로 피해 버렸다.

쿵. 백보신권을 쏘아 낸 범본이 다시 땅에 머리를 박고 착지했다. 이번엔 반동을 이용해 빠르게 한 번 더 몸을 띄웠다.

"흡."

진자강의 목소리가 삼 층에서 들려왔다. 동시에 기척이 일 층으로 빠르게 내려왔다.

어느 쪽이 진짜인가.

아래로 내려간 기척에 미미하게 자글거리는 잡기운이 느껴졌다.

위다.

거꾸로 솟아오르는 범본을 향해 삼 층에서 진자강이 뛰어내리고 있었다.

범본이 양팔을 뒤로 당겨 백보신권의 힘을 모으는 동안, 진자강은 천근추로 발에 내공을 모아 범본의 발바닥을 힘껏 찼다.

범본이 올라온 속도보다 배는 빠르게 바닥으로 처박혔다.

쿠우우웅!

머리가 바닥에 박혔다. 입과 턱만 겨우 나와 있다.

진자강은 방금의 반동으로 공중에서 두 번 회전을 하곤 등 뒤에서 도를 뽑아 뛰어내렸다. 제갈가에서 가져온 보도 였다. 도신이 두껍고 도의 등에는 청동으로 용의 부조가 입 혀져 있어 여간 범상한 느낌이 아닌 도였다. 게다가 진자강 의 내공이 깃들어 도기가 푸르스름하게 맺혀 있기까지 했 다.

진자강은 도로 범본의 가랑이를 위에서 아래로, 힘껏 갈 랐다.

까드득,

도가 범본의 가랑이에 걸리며 걸리적거리는 쇳소리를 냈 다.

그러더니.

쨍!

도 날이 깨졌다. 청동 장식이 휘어지며 깨진 도 날이 팅 겨서 진자강의 눈 밑을 찍고 지나갔다.

눈 밑에 찍힌 곳에서 피가 튀고, 내공이 이어진 도가 깨 진 탓에 진자강의 코에서도 가느다란 선혈이 흘렀다.

진자강은 바닥에 서서 아래를 내려다보았다. 괴이하게도 머리가 슬슬 밀려 나오며 범본의 눈이 진자강을 노려보고 있었다.

진자강은 거침없이 범본의 코와 턱을 짓밟았다. 두껍고 네모난 턱이 마치 발판같이 툭 튀어나와 있다.

뻐억! 뻑!

범본이 양손으로 땅을 짚고 머리를 땅에서 빼내기 시작했다. 진자강이 아무리 밟아도 잠깐 흔들거릴 뿐 꿋꿋하게 머리를 들어 올렸다.

진자강은 범본의 양다리를 단단히 잡고 범본의 인중을 힘껏 찼다.

범본이 입을 벌려 진자강의 발을 물었다.

콱!

진자강의 발끝에 침이 걸려 있었는데, 범본이 이로 침을 물어 버린 것이다. 진자강이 힘을 주어 밀었지만 밀리지 않았다. 오히려 둘이 밀고 버티는 힘에 침이 휘어져 버렸다. 진자강은 다리를 놓고 뒤로 몸을 누이며 양발 발바닥으로 범본의 가슴을 찼다.

펑!

범본도 이번에는 밀려서 넘어갔다. 머리가 바닥에서 빠졌다.

나한승들이 진자강을 향해 달려들었다. 진자강은 날아오는 곤봉을 잡고 당기면서 팔꿈치로 나한승의 아래턱을 가격했다. 와직, 뼈 갈리는 소리가 나며 나한승의 턱이 어긋났다. 진자강이 엎어지는 나한승의 목을 뒷발로 감아서 손바닥으로 따귀를 쳤다.

철썩! 손바닥을 떼었을 때 독침이 나한승의 뺨을 관통하여 있었다. 진자강은 그러곤 그 팔로 자신의 발목을 잡아 다리를 강하게 조였다.

진자강의 다리오금에 목이 졸려 버둥거리던 나한승의 목뼈가 부러지며 목이 길게 늘어나고 혀를 쭉 빼물었다.

다른 나한승이 진자강의 얼굴을 발로 찼다. 진자강은 나한승의 다리를 잡아 어깨에 걸고 몸을 돌리며 바닥으로 내팽개쳤다. 나한승이 급하게 상체를 비틀어 손바닥으로 바닥을 쳐서 낙법으로 충격을 줄이려 했다. 진자강은 나한승을 바닥에 팽개치기 직전, 한 번 더 몸을 회전시켰다. 나한승은 낙법을 쓰려다가 허공을 짚고 당황했다. 나한승의 몸이 한 바퀴를 더 돌았다.

두 바퀴나 돈 진자강이 나한승을 힘껏 메다꽂았다.

콰지끈! 나한승은 등뼈가 아작 나 입으로 피를 토했다.

"커억!"

등으로 고스란히 충격을 받은 나한승의 눈이 뒤집히고 입에 거품이 생겼다. 진자강이 나한승의 위로 엎어지며 그의 가슴에 독침을 꽂고 옆으로 몸을 굴려 일어났다.

거기서 끝이 아니라 그대로 발을 들어서 엎어진 나한승

의 목을 밟았다.

와지끈!

나한승이 팔다리를 움찔거리고 떨며 죽었다.

공 자 배 금강승이 팔을 뻗은 채로 달려와 팔뚝으로 당기 듯이 진자강의 머리를 후려쳤다. 진자강은 허리를 뒤로 누 였다. 금강승의 팔이 진자강의 코앞을 스쳐 갔다.

쿠와아! 강맹한 바람이 칼날처럼 얼굴을 지나가 입술이 찢겼다.

금강승이 후려치던 대로 속도를 줄이지 않고 회전하며 진자강을 돌려찼다. 진자강은 한 발을 들고 똑같은 방향으 로 돌면서 발을 교차시켰다. 금강승의 턱에 진자강의 발꿈 치가 꽂혔다. 금강승이 턱을 당겨 버렸다.

뻐억! 금강승의 입에서 피가 튀고 이빨이 부러져 튕겨 나 왔다. 몸까지 뒤로 쭉 밀려났다. 진자강이 바로 독침을 쥐 고 뿌렸다.

쫘악 밀려나는 금강승을 독침 세 자루가 뒤쫓았다. 금강 승이 팔을 허리에 두고 단단한 마보의 자세를 취했다. 가사 가 팽팽하게 부풀며 금란철주가 깃들었다.

두 자루의 암기가 금란철주를 뚫지 못하고 튕겼다. 그러 나 한 자루는 옆구리의 가사를 관통하며 등허리까지 뚫고 나갔다.

천조섬절.

"……!"

금강승의 머리에 힘줄이 돋았다. 믿기 어렵다는 표정과 진한 고통이 얼굴에 드러났다. 금강승은 독이 퍼지는 걸 막기 위해 점혈을 하려 했다.

진자강이 시간을 주지 않고 뛰어올라 금강승의 머리를 잡았다. 그러곤 얼굴에 연이어 무릎을 틀어박았다.

뻐억! 뻑! 뻑!

살이 떨릴 정도의 타격음이 울리다가, 마침내는 금강승의 얼굴이 무너지며 무릎이 깊이 들어갔다.

콰직!

얼굴이 피투성이가 된 금강승이 거목처럼 뒤로 쓰러졌다.

쿠웅…….

얼굴이 망가졌다고 죽은 것은 아니었으나 점혈을 하지 못해 순식간에 독이 온몸으로 퍼졌다. 대자로 뻗어 팔다리를 부들거리고 떠는 동안 독이 퍼져 금강승의 몸을 피고름으로 뒤덮었다.

예전의 진자강이 아니다. 진자강은 손꼽는 고수들을 넘어선 경험과 내공을 가지고 있다. 진자강의 한 수 한 수는 평범해 보여도 그 위력이 가공스러웠다. 거기에 철포삼을 뚫고 치명적인 독마저 자유로이 사용하게 되니, 금강승조차 진자강에게 상대가 되지 못했다.

그때 진자강의 머리 위로 시커먼 그림자가 드리워졌다.

진자강은 몸을 낮추며 품에서 아미자를 꺼내 들었다. 길이가 약 두 뼘 정도로 양쪽이 뾰족한 송곳인데 가운데에 손가락을 끼울 수 있는 고리가 달린 무기다. 진자강은 아미자를 머리 위로 치켜들었다.

덥석!

거대한 손이 진자강이 뻗은 아미자와 손, 그리고 머리를 한꺼번에 움켜쥐었다. 아미자에는 독이 발라져 있다. 진자강의 머리를 잡으려다가 손에 박히면 중독될 것이다.

그런데.

꾸우우욱.

아미자가 걸린 채로 손가락이 조여든다. 아미자가 휘고 있었다. 이 아미자도 제갈가에서 구해 온 좋은 품질의 것이다. 그런데 범본의 손 살갗에 박히지 않고 그냥 구부러지고 있다!

아미자가 휘어지며 중간의 고리에 걸려 있던 진자강의 손가락이 비틀렸다. 그대로 두면 손가락이 뽑히거나 부러질 것이다. 진자강은 자신의 손가락을 잡아당겼다. 두둑, 관절이 빠지면서 손가락이 흐물거렸다. 진자강은 아미자의 고리에서 손가락을 빼내곤 바닥을 굴렀다.

와직!

범본이 꽉 주먹을 쥐었다.

그러곤 손을 펴니, 일(一)자형이던 아미자가 방(匚) 자형으로 완전히 구부러져 있었다.

만약 진자강의 머리와 손이 그 안에 있었다면 으깨지고 터져서 곤죽이 되었을 터였다.

진자강은 손가락을 관절에 끼워 맞추고 손목을 흔들어 털었다.

범본이 목을 우둑거리면서 옆에 죽어 있는 나한승들을 잡고 멀리 던졌다. 방금 죽은 나한승들은 이미 몸이 녹으며 독기를 내뿜고 있다. 그대로 내버려 두면 독장이 퍼진다.

나한승들은 달아나지 못하도록 진자강을 둘러쌌다.

범본이 무겁게 입을 열었다.

"독룡."

말끝에 살기가 뱄다.

진자강은 범본을 쳐다보았다. 범본이 입을 열어 뭐라고 말을 하려 하는데, 진자강이 먼저 말을 가로챘다.

"아직도 대화할 준비가 안 되었습니까?"

범본의 눈썹이 꿈틀거렸다. 입가를 씰룩이며 범본이 말했다.

"시주에게는…… 예의를 먼저 가르쳐야겠습니다."

진자강이 날 선 어조로 조소했다.

"이보다 더 예의가 필요합니까?"

"물론이지요."

범본이 양손을 치켜들었다.

범본은 손바닥을 마주 보게 하곤 앞으로 들었다. 나한승들이 고개를 숙이며 귀를 막았다.

범본이 힘껏 손뼉을 쳤다.

댕—!

손뼉을 치는데 종을 치는 듯한 소리가 났다.

미리 대처하지 못한 나한승들의 다리가 풀리면서 비틀거렸다. 진자강도 눈치 빠르게 귀를 막았으나 그럼에도 불구하고 머리가 아찔해질 정도였다.

범본이 한 손을 하늘로, 한 손의 손바닥을 땅으로 향했다.

"사바의 잡마귀들에게 설파하나니, 대자대비 화도홍통. 섭률 섭선 섭중생계, 나무아미타불 관세음보살……."

범본이 길게 숨을 들이쉬더니, 곧 그의 입에서 우레와 같은 고함이 터져 나왔다.

"삼덕의 과로 정각을 이루느니라—!"

사방에서 천지가 흔들리는 듯한 굉음이 울렸다.

우르르르르.

황학루의 누각이 크게 울리며 기왓장들이 떨어졌다. 외벽을 장식한 벽돌들이 쪼개졌다.

소림 절기.

대사자후(大獅子吼).

거대한 울림통을 가진 때문인지 범본의 몸에서 터져 나온 대사자후는 기존에 진자강이 알던 사자후에 비할 것이 아니었다.

다리가 부들부들 떨리며 힘이 빠졌다. 전신에서 내공이 산산이 흩어지는 듯하였다.

귀를 막고 있던 나한승들도 버티지 못하고 자리에 주저앉았다. 몇몇 금강승들만 버텨 냈을 뿐이다.

처음 친 범본의 손뼉 소리가 범종의 종소리처럼 계속해서 울렸다.

댕— 댕— 댕—!

종소리가 진자강의 내부에서 울리며 자꾸만 힘을 뺐다.

울컥.

진자강이 피를 토했다.

댕! 댕! 댕! 종소리에 머리가 지끈거리고 울렸다.

진자강은 한쪽 무릎을 꿇었다.

범본이 소리치며 한 손을 힘껏 치켜들었다.

"조아려라!"

범본의 무지막지한 손바닥이 진자강의 다리를 후려쳤다.

부우웅! 어지간한 솥뚜껑만 한 저 손바닥에 쓸리면 다리가 남아나지 않을 것이다.

진자강은 작은 내공의 심지를 잡아서 사지백해로 퍼뜨렸다.

저수마신의 거! 겁살마신이 깨어나며 순식간에 진자강의 둑에 내공이 들어찼다. 몸 안에서 종소리가 울릴 때마다 내공이 흐트러졌지만 진자강은 굴하지 않았다. 가장 강한 줄기를 한쪽 발과 팔로 보냈다.

범본이 후려친 손을 타고 넘어 팔뚝을 밟고 뒤로 몸을 날렸다. 그러곤 천지발패로 장침을 손가락에서 빼낸 후 온 정신을 집중해 범본의 심장으로 날렸다.

천조섬절. 한 뼘 길이의 장침이 범본의 가슴팍에 박혔다.

범본은 자신의 가사에 박힌 장침을 가만히 내려다보았다.

그러더니 날벌레 쳐 내듯 손가락으로 툭 쳤다.

장침은 아무 힘도 없이 빠져서 떨어졌다.

범본의 가사에는 아주 작은 구멍이 나 있을 뿐이다. 유심히 보아도 보이지 않는 구멍이다. 바느질을 하다가 실수로 잘못 뚫은 것 같은 정도였다.

진자강의 미간에 힘이 들어갔다.

천조섬절이 먹히지 않는다?

"과연. 철포삼에 대한 대책은 되어 있었다…… 그런 거였군요. 그래서 자신 있게 본사에 시비를 걸 수 있던 것이었어요."

범본이 눈을 가늘게 뜨고 진자강을 보며 웃었다.

"독룡 시주의 독은 정평이 나 있으니 소승도 버틸 수 있는지 입찬소리는 못 하겠습니다. 그런데 말입니다. 소승, 명색이 장문입니다. 장문이 되어서 이런 하찮은 수에 당한다면 누가 우리 소림을 공경하고 또 두려워할까, 하는 생각이 듭니다."

"사람들이 절을 무서워해서야 어디 그 절 근처에나 가겠습니까?"

"대화로 모든 것이 해결된다면 세상에 불화와 다툼이란 건 찾아보기도 어렵겠지요. 그렇지 못하기에 대자대비(大慈大悲)에는 필연적으로 무자비한 인과응보(因果應報)가 뒤따르는 것입니다. 우리가 사는 세계가 진흙탕이라고 불리는 것 또한 같은 이유입니다."

"섭수종은 대화로 중생을 교화한다고 들었습니다만."

범본은 즉답했다.

"거짓말입니다."

범본이 미소를 지으며 말했다.

"성불에 이르는 길, 어느 하나도 같지 않습니다. 중생의 어리석음은 모두 같고, 이해하는 방식은 모두 다릅니다. 그런데 어찌 한 가지 방법으로 수많은 중생들을 이끈단 말입니까."

진자강은 말없이 범본을 바라보다가 말했다.

"내가 지금 강직한 스님의 설법을 듣고 있는 것인지, 교활한 뱀의 혀가 설득하는 말을 듣고 있는 것인지 모르겠군요."

"굳이 구분하지 않아도 됩니다. 무지한 중생의 눈으로 보면, 세상은 변하고 있어도 언제나 같게만 보입니다."

범본이 손바닥을 내보였다.

"자아, 그러니까 정중하게 요청해 보시지요. 협박도, 무례함도 용납하지 않겠습니다. 타당한 질문이라면 소승이 최선을 다해 답변을 드릴 것입니다."

"소문 못 들으셨습니까?"

"무슨 소문 말입니까?"

진자강이 한쪽 입술을 올리며 웃었다.

"난 개소리에는 응답하는 재주가 없습니다."

범본의 얼굴에서는 여전히 웃음이 사라지지 않았다.

"대화할 준비가 안 된 건 소승이 아니라, 시주였군요. 소승에게 물을 것이 있지 않았습니까?"

"급한 건 내가 아니라 대사입니다."

범본의 눈이 가늘어졌다. 묻고 싶지 않아도 궁금해서 물을 수밖에 없게 만드는 어법이었다. 통상적으로는 급한 게 진자강이지 범본이 아니지 않은가.

범본이 물었다.

"어째서이지요?"

진자강이 답했다.

"내가 얼마나 알고 있는지 궁금할 테니 말입니다."

범본이 소리 내어 웃었다.

"흐흐흐, 재미있는 말입니다. 그러나 소승, 남의 말에 휘둘리는 걸 좋아하지 않습니다."

범본은 돌연 염주를 들어 나한승들에게 명했다.

"지금부터 아홉 명은 제갈가로 갑니다. 정당하지 못한 사유로 제갈가가 독룡 시주에게 협력했다면, 제갈가에 대가를 치르게 하십시오."

"예!"

금강승 한 명을 포함한 아홉 명의 나한승들은 토 한 번 달지 않고 진자강을 노려보며 황학루를 떠났다.

범본이 말을 이었다.

"다시 아홉 명. 여러분들은 이 주변에 있는 독룡의 일행을 찾아 내 앞에 끌고 오십시오. 한 명은 나살돈의 변장술을 익히고 있으므로 유의해야 합니다."

"예!"

범본이 진자강을 똑바로 쳐다보았다.

진자강의 표정이 담담하니 변화가 거의 없는 것을 보며 칭찬했다.

"좋은 표정입니다. 그러나 이제 급해지는 건 시주입니다."

명령은 거기서 끝이 아니었다.

범본이 한 명의 나한승을 지목했다.

"그대는 지금 즉시 본산으로 달려가 원주들에게 한 명의 지원을 부탁하십시오."

나한승이 눈을 빛내며 범본의 말을 들었다.

"훤마신(昍魔神)에게 일러……."

범본은 진자강이 들으라는 듯 말을 늘이며 말했다.

"당가대원에 있는 독룡의 처와 아이를 죽이면, 자유를 주겠다 하십시오."

순간 진자강의 몸에서 미칠듯한 살기가 뿜어져 나왔다. 진자강을 둘러싸고 있던 나한승들이 반걸음을 물러났다.

피잇 핏!

유형화된 살기가 바늘처럼 나한승들의 몸에 무수하게 날아갔다. 나한승들이 철포삼을 일으켰다.

티틱, 틱, 틱!

날카로운 살기가 철포삼에 부딪쳐 부서졌다. 그러나 드러난 얼굴과 머리, 손목 등에는 연신 생채기가 났다.

범본은 웃었다.

진자강이 날린 살기는 범본의 몸에 하나도 박히지 않고 튕겨 나기만 했다.

"왜? 화가 납니까?"

진자강이 범본을 한참을 노려보다가 되물었다.

"그래 보입니까?"

"이해합니다. 세상에 어느 누가 가족을 건드린다고 하는데 초연할 수 있겠습니까."

"제 부인은 이렇게 말할 겁니다."

진자강이 이를 드러내었다. 오랜만에 야수처럼 눈을 번들거리며 살기를 품고 웃었다.

"내 걱정은 말고 눈앞에 있는 타락한 자나 죽여."

범본도 굵고 하얀 이를 드러내고 웃었다.

"좋군요. 아무런 거리낌이 없어졌다니. 소승도 즐겁습니다. 하나 흰마신이 어떤 자인지 안다면 그런 소리를 못 했을 테지요."

"어차피 그자나 대사나 비슷한 부류 아닙니까?"

진자강의 살기가 진해졌다.

범본이 뿜어내는 살기도 덩달아 진해져 아지랑이를 피워 올렸다. 양쪽의 살기가 최대로 치밀어 공기 중에서 지글거리는 소리가 났다. 나한승들이 견디지 못하고 두 걸음을 더 물러났다.

범본이 대갈(大喝)했다.

"누가 감히 물러나라 하였습니까!"

나한승들은 이를 악물고 진자강에게 달려들었다.

"대자대비 화도홍통!"

"섭률 섭선 섭중생계, 나무아미타불 관세음……!"

진자강이 손을 허리 뒤춤으로 가져갔다가 번개처럼 낫을 뽑아 앞으로 후려쳤다.

칵!

절겸도의 뾰족한 끝이 나한승의 머리에 찍혔다. 철두공 때문에 끝이 반 치도 들어가지 못했다. 나한승이 철두공을 극대로 끌어 올리며 전진했다.

"으으으으으!"

머리로 절겸도를 받친 채 한 걸음, 한 걸음을 앞으로 전진하는 나한승의 얼굴이 시뻘게졌다. 진자강은 밀려나면서 반대쪽 손을 허리 뒤로 가져갔다. 그러곤 아래에서 위로 올려쳤다.

푸욱!

절겸도는 한 쌍이다. 반대 짝이 나한승의 턱을 관통해서 자루 부근까지 박혔다. 나한승의 눈이 부릅떠졌다. 진자강은 위아래의 낫을 뽑아 나한승의 목을 양쪽에서 교차해 걸었다.

진자강이 힘주어 절겸도를 당겼다. 나한승의 목이 떨어졌다.

다른 나한승들이 연이어 달려들었다. 진자강은 뒤로 물러나면서 절겸도를 휘둘렀다.

카앙! 철포삼에 절겸도가 걸려 불꽃이 튀었다.

진자강이 연이어 절겸도로 나한승들을 찍고 베었다. 나한승들은 드러난 손을 감추고 팔뚝과 어깨로 절겸도를 막으며 접근했다. 진자강은 계속해서 뒷걸음질을 치다가 황학루의 일 층 외부 계단까지 물러났다.

진자강은 절겸도를 양손에서 핑글핑글 돌렸다.

곤(棍)의 끝에 삼지창의 날을 엮은 무기로 나한승 한 명이 진자강을 찔러 왔다. 진자강은 절겸도의 낫으로 삼지창의 날을 걸어 잡아당겼다. 나한승이 천근추로 몸을 무겁게 하여 버렸다. 좌우의 나한승들이 끌려가지 않도록 곤을 든 나한승의 팔을 잡고 다리를 서로 엇갈리게 걸어 천근추를 시전했다.

"타아아앗!"

세 명의 나한승이 동시에 천근추를 시전하자 바닥의 청석이 뻑뻑 소리를 내며 금이 갔다. 그러곤 오히려 진자강을 잡아당겼다.

진자강도 끌려가지 않도록 계단의 난간에 다리를 걸고 똑같이 잡아당겼다.

끼기긱, 끽!

삼지창의 날과 절겸도의 날이 걸린 채로 듣기 싫은 쇳소리를 냈다.

세 명과 한 명이 힘을 겨루는데 차이가 나지 않는다. 그것도 외가공부를 전문으로 익힌 나한승과.

하지만.

끼이이이……. 진자강이 다리를 걸고 있는 난간이 부러질 듯 휘어지면서 연결된 나무 각재들이 딸려 나오기 시작했다.

"아야아앗!"

세 나한승들이 잡아당기는 동안 그 뒤에서 나한승들이 진자강을 공격하려 접근했다.

진자강이 갑자기 힘을 풀었다. 튕기듯 앞으로 날려갔다.

진자강은 세 나한승 중에 좌우에 있는 나한승들을 동시에 찼다.

뻐엉! 좌우의 나한승들이 가슴을 얻어맞고 뒤로 날아갔다. 가운데에 있던 나한승이 곤으로 찌르려다가 절겸도에 얽혀 나아가지 않자, 머리로 곤의 가운데를 들이받았다.

빠직! 곤이 부러지며 얽힌 것이 풀렸다. 나한승이 곤을 손에서 돌려 거꾸로 쥐고 진자강의 머리를 내려쳤다. 진자강은 절겸도로 나한승의 양 옆구리를 연속으로 찍었다. 철포삼을 미처 일으키지 못해 갈빗대 사이로 절겸도가 푹푹 찍혀 들어갔다. 나한승의 몸이 멈칫거렸다. 진자강의 절겸도가 점점 올라가 나한승의 겨드랑이까지 계속해서 찍었다.

피 주머니가 된 것처럼 나한승의 양 옆구리를 따라 피가 죽죽 새어 나왔다. 나한승은 끝까지 곤을 내려치지 못하고 앞으로 엎어졌다.

이번에 얼마나 많은 독을 썼는지 엎어진 나한승의 피가 부글부글 끓으면서 순식간에 피고름을 만들어 냈다. 독기가 스믈스믈 피어올라 황학루의 입구에 깔렸다.

나한승들이 섣불리 다가설 수 없었다.

진자강은 나한승들을 지켜보며 황학루의 입구 안으로 걸어 들어갔다.

입구를 가득 메운 독기…….

범본이 손가락의 관절을 우두우두 꺾으면서 앞으로 나섰다.

그러곤 거침없이 입구를 통해 진자강을 따라 황학루로 걸어 들어갔다.

보름달의 환한 달빛이 독기에 산란되어 스산한 안개처럼 황학루를 휘감았다.

第七章

무적(無敵)

　가주 대행인 당하란의 초대로 당가의 식객 몇이 한자리
에 모였다.

　검후 임이언, 환락천의 육하선, 멸마승 무각 그리고 검왕
남궁락.

　"초대해 주어 고맙구나."

　육하선의 도움을 받으며 무각이 인사했다.

　서로 간에 인사를 나누었다. 당하란이 데리고 있는 독천
이에게도 잠시 관심이 쏠렸다.

　당하란이 식사를 권하며 말했다.

　"제가 이 자리에 모신 이유는……."

무각이 먼저 말했다.

"신랑이 걱정되어서겠지."

"그렇습니다."

"밥만 축낼 순 없으니 가주가 원한다면 말해 주어야지. 하지만 내 얘기를 듣는다고 기분이 나아질까는 모르겠군."

임이언이 끼어들었다.

"괜히 더 불안해질 수도 있네."

당하란은 고개를 저었다.

"기분 문제가 아닙니다. 잘못된다면, 미리 얘기를 듣고 그에 대한 대비를 하려 합니다."

진자강이 실패한다면 소림사의 창은 반드시 당가를 향할 것이다.

남궁락이 크게 칭찬했다.

"자네는 매우 강하군. 독룡 그 친구가 당가를 비우고 자신 있게 대불을 만나러 갈 수 있는 이유가 있었어."

남궁락이 진자강을 친구라고 부른 데에서 특이한 어감이 느껴졌다. 아주 가까운 친근함도 아니고, 동지로서의 친구 같은 느낌도 아니다.

무각이 잔뜩 일그러진 얼굴에 힘을 주어 웃었다.

"어째 내가 생각하는 독룡과 네가 생각하는 독룡이 비슷한 것 같구나?"

무각의 나이가 백삼십을 향해 간다. 환갑을 갓 넘긴 남궁락과도 일 갑자 가까운 세월의 차이가 났다. 남궁락은 '너'라는 소리를 들어도 불편해하지 않았다.

"독룡은 다 좋은데 가끔 얄미운 소리를 해서 말입니다."

"이야아, 다들 하는 생각은 똑같은 게야. 얄미울 땐 어찌나 얄미운지 아주……. 하지만 미워할 수는 없는 녀석이지."

"그렇습니다."

육하선이 부드럽게 익은 육전을 무각의 입에 한 점 넣어 주며 말했다.

"땡추 스님, 여기 있는 사람들 기다리다가 숨넘어갑니다. 대불에 대해 말씀해 주시지요."

"이거 고기 맛이 어허…… 씹지 않아도 녹는구나. 그러니까 대불은……."

무각은 오물거리며 말을 고르다가 말했다.

"대불은 딱 소림사다."

"그건 너무 어려운 선문답입니다."

"일단 교리(敎理)에도 굉장히 해박하고, 불법의 이해도 높다."

검후 임이언이 말했다.

"불법을 아는 자가 황금의 힘으로 중생을 구도하려 한다는 것은 좀 이상하군요."

"아는 것과 행하는 건 다르니까."

남궁락이 물었다.

"불법은 그렇다 치고, 무공은 어떻습니까."

"소림사의 누구보다도 가장 소림사답지. 소림사를 상징하는 그 자체라고 할 수 있다."

육하선이 무각의 입에 육전을 가져다 댔다가 뒤로 물렸다. 그에 무각이 육전을 혀로 대고 물려 하자 더 멀리 빼고는 한 번 더 가까이 가져갔다가 이번엔 끝을 조금 베어 물자마자 뺐다. 무각은 혀로 겨우 맛만 본 셈이다.

"그런 질문이 아니었잖습니까. 자꾸 변죽을 울리면 땡추라는 말도 못 듣게 되십니다?"

무각이 인상을 썼다.

"나는 사실만을 말하고 있는 게야. 범본의 무공은 소림사 자체라니까?"

"그러니까 그게 뭐냔 말이지요. 스님이야 해탈해서 땡추노릇을 하고 계시지만, 범부(凡夫)들이야 어디 스님의 말씀을 알아들을 수가 있겠습니까."

"흥. 여기 범부가 어디 있느냐?"

"아무리 땡추 스님이 소림사 출신이라고 해도 대불이 익

힌 무공이 무엇인지, 주력으로 쓰는 무공이 무엇인지 그것
말씀해 주시는 정도가 어려운 건 아니지 않습니까."

"그래서 말하지 않았느냐. 딱 소림사라고."

육하선은 무각에게 육전을 주지 않고 젓가락을 놓아 버
렸다.

"어허, 성격도 급하지. 백 평생 고기 한 점 못 먹고 살다
가 이제 맛을 알게 됐는데 너무 야박하구나."

"다리가 없으니 성격이 나빠지더군요. 다 땡추 스님의
업보입니다."

육하선과 무각의 대화에 나머지 사람들이 실소를 머금었
다. 파계승과 다리를 잃은 남장 여인의 대화치고는 정겹기
까지 했다.

무각이 이 쉬운 걸 왜 모르냐는 투로 물었다.

"대불이 왜 장문인이 된 줄 아느냐?"

"그걸 우리가 어찌 압니까."

"대불은 최강의 나한(羅漢)이다."

육하선은 무각의 앞에서 아예 육전 접시를 치워 버렸다.

*　　　*　　　*

일 층은 넓게 개방적으로 뚫린 다관이다.

아까부터 진자강이 온갖 독을 뿌려 놓고 범본은 그것을 부수어 엉망이 된 상태.

그 한가운데에서 진자강이 범본을 기다리고 있었다. 주변에 이미 독기가 자욱했다.

범본은 눈을 돌려 다관 내를 슥 둘러보았다.

미묘한 느낌이 든다. 미세하게 집기의 위치들이 아까와 달라진 것을 알아챘다.

몇 번이고 진자강이 일 층과 삼 층을 오갔던 짧은 사이, 진자강은 함정을 설치했을 뿐 아니라 또 다른 짓을 해 두었다. 이중삼중으로 계획을 짜고 움직였다는 뜻이다.

범본이 감탄했다.

"소승이 따라 들어오리라는 걸 처음부터 예측하고 준비한 것입니까."

"대사가 혼자서 여기 서 있는 걸 보니 그 생각이 맞아 든 모양입니다. 그럼 이제 말씀해 보십시오."

진자강이 범본을 쳐다보며 물었다.

"대사가 아귀왕입니까?"

범본의 입이 길게 이어지며 웃었다.

"독룡 시주. 그 대답을 듣고 싶으면 본인을 쓰러뜨려야 한다는 걸 아시잖습니까."

범본이 답했다.

"소승, 솔직히 말하자면 아귀왕이니 무엇이니 전혀 관심이 없습니다. 세상에는 부처가 될 선량한 중생과 다시 억겁의 육도 윤회를 거쳐야 할 죄 많은 중생이 있을 뿐입니다."

"그걸 누가 정합니까?"

"소승이 정하는 것이 아닙니다. 스스로가 쌓은 업이 그 길을 결정합니다."

진자강이 범본을 손가락으로 가리켰다.

피리릿. 손가락 사이에서 침이 빙그르르 돌며 앞으로 삐죽 튀어나왔다.

"그럼, 나는 어떻습니까?"

"독룡 시주는."

범본이 가느다랗게 눈을 뜨고 웃었다.

"지옥행입니다."

순간 진자강의 손에서 독침이 쏘아졌다.

티잉!

범본의 가사에 부딪친 독침이 허무하게 튕겨 나갔다.

"섬절. 이걸로는 안 됩니다. 아까 그것이라도 해 보시는 게 어떻습니까?"

"그럴 겁니다."

진자강은 포기하지 않고 범본에게 걸어가며 빠르게 독침을 던졌다.

천조섬절!

독침이 범본의 가사에 박히는 듯싶다가 힘없이 떨어졌다.

진자강은 계속해서 걸어오며 연속적으로 천조섬절을 시전했다.

파파팟.

그런데도 범본은 꿈쩍도 하지 않았다.

무수한 독침들이 범본의 몸에, 가사에 살짝 박혔다. 거리가 가까워질수록 진자강이 독침에 담은 내공이 강해졌다.

진자강은 천조섬절과 섬절을 섞어서 연속적으로 펼쳤다.

천조섬절로 던진 침은 아주 살짝 박혔고, 섬절로 던진 침은 불꽃까지 내며 튕겨 났다.

티티팅! 팅!

열 걸음…… 다섯 걸음.

거리가 가까워지면서 진자강의 손이 더욱 빨라졌다.

네 걸음까지 이르렀을 때 진자강은 내공을 팔광제의 끝까지 완전히 끌어 올렸다.

따앙! 땅! 따당!

이제 섬절로 던진 침은 범본에게 부딪칠 때에 쇠몽둥이로 바위를 치는 듯한 소리가 나기 시작했다. 불꽃이 어마어마하게 튀었다.

천조섬절로 가사에 거의 붙듯이 살짝 박힌 침들은 범본의 몸을 고슴도치처럼 만들었다.

휘리리리리! 진자강의 손이 거의 보이지 않을 정도로 움직였다. 천지발패를 최대로 사용하여 손가락 사이에서 쉴 새 없이 독침이 돌았다.

만일 이 광경을 염왕 당청이 보았다면, 그조차도 크게 놀랐을 것이다.

고도의 절기인 천조섬절과 섬절을 섞어 무한대로 사용할 수 있는 것에 처음으로 놀랐을 것이고, 아무렇지 않게 막아 내고 있는 범본에 두 번째로 놀랐을 터였다.

천조섬절은 고통을 기반으로 정신을 흐트러뜨려 호신기공을 뚫는 기술.

범본에게는 고통이란 것이 없는 것인가.

아니면 정신 수양이 상상 이상의 경지에 올라 있는 것인가!

진자강이 마지막 순간에 몸을 숙여 바로 앞 기둥 아래에 아까 미리 놓아둔 물건들을 집었다. 열 자루가 넘는 특이한 대롱 같은 모양의 침이다.

진자강은 등으로 자신의 손을 가리면서 몸을 돌려 특이한 침들을 기습적으로 범본의 눈을 향해 던졌다. 범본이 소매를 들어 얼굴을 가렸다.

빠다다당!

침이 소매에 부딪치며 바스러졌다. 불꽃과 함께 이전까지는 없던 연기가 무수하게 피어올라 범본의 시야를 가렸다. 제갈가에서 가져온 암기로 상대의 몸에 맞으면 부서져서 연기를 피워 내 시야를 막는다.

진자강이 바로 뛰어올라 공격을 이어 가려 하는데, 연기 속에서 뭉클거리며 거대한 기운이 응집되는 게 느껴졌다. 진자강은 옆으로 굴렀다.

아이 주먹만 한 굵기의 빛살이 엄청난 속도로 진자강의 겨드랑이 사이를 스치고 지나갔다.

콰아아아!

빛살은 기둥에 똑같은 크기의 구멍을 내고 뒤쪽에 굴러다니던 의자를 뚫고, 바닥까지 관통해 들어갔다. 빛살이 지나간 자리에 모두 똑같은 크기의 구멍이 뚫렸다.

연기가 사라지고 범본이 검지를 들고 있는 모습이 보였다.

진자강은 기둥과 바닥에 뚫린 구멍, 아이 주먹이 들어가기에 충분한 크기의 구멍을 보곤 범본에게 물었다.

"그게 뭡니까?"

"금강지. 그냥 지풍입니다."

범본의 말에는 진자강도 어처구니가 없어졌다.

"그게 어디가 지풍입니까?"

*　　　*　　　*

무각이 입맛만 다시며 멀리 떨어진 육전 접시를 쳐다보았다.

"이런 못된 중생 같으니라고. 사실을 얘기해 주어도 알아듣질 못하는데 왜 내 탓인고."

"나한은 소림사의 일반 제자들을 말하는 것이고…… 그 중에서 가장 강했으니 장문인이 된 것 아닙니까?"

임이언이 끼어들었다.

"대불은 전대 장문인의 수제자일세. 특별히 의발 전인이 되면 수나한(秀羅漢)이 되어 차기 장문으로서의 교육을 받게 된다네."

그제야 모두가 무각의 말에 의아한 부분이 있다는 걸 깨달았다. 무각 같은 고승이 말실수를 할 리는 없고, 굳이 딱 집어서 수나한이 아니라 '최강의 나한이다'라고 말한 것은…….

남궁락이 말했다.

"과거에도 나한이었고, 지금도 최강의 나한이라는 뜻으로 들립니다. 수나한으로서, 장문 제자로서의 무공을 배우지 않았군요."

"이제야 말이 좀 통하는군."

"하나 나한승들이 배우는 무공은 입문 무공이 아닙니까.
소림사에 있는 수많은 개세(蓋世)의 무공을 내버려 두고 입
문 무공만을 익혔단 말입니까?"

"남들 다 하는 백보신권이나 달마지(達磨指) 정도는 하
지. 그러나 주력은 아니다. 소림사의 장문이라면 특별한 무
공이 아니라 소림사의 근본이 되는 나한의 무공으로 최강
이 되어야 한다, 대불은 그렇게 생각했다. 그의 스승도 대
불의 의지를 꺾지 못했어."

모두가 무각의 말을 믿지 못했다.

소림사 나한승들의 무공을 삼류라 할 순 없지만 상승 무
공을 상승 무공이라 부르는 건 이유가 있다. 삼류의 무공은
삼류의 수준을 벗어날 수가 없는 것이다.

육하선이 중얼거렸다.

"나한들이 쓰는 무공으로 소림사 최고수 소리를 들으며
방장의 자리에 올랐다……."

"왜? 안 믿기나?"

"그럼 굳이 달마지를 두고 금강지(金剛指)를 쓴단 말인가
요?"

"응."

"왜요?"

"나한들은 달마지를 배우지 않으니까."

"달마지가 금강지보다 훨씬 더 고강한 무공이 아닙니까."

"원래는 그렇지. 하지만 대불이 쓰면……."

무각이 스스로 생각해도 어이가 없다는 듯 웃었다.

"소림 최강의 지풍이 된다."

*   *   *

원거리에서의 공격이 통하지 않는다.

난감하게도 원거리에서 쏘아 대는 대불의 지풍이 진자강의 섬절보다 훨씬 더 강력했다.

대불은 손끝만 까딱거리는데, 진자강은 사력을 다해 피했다.

바닥이며 천장이며 벽이며, 지풍인지 뭔지를 맞으면 구멍이 뻥뻥 뚫려 버렸다.

본래 지풍이란 것은 멀리서 요혈을 공격하는 수법인데, 이 정도 위력이면 팔다리가 뚝뚝 끊길 정도라 혈을 골라 쏘는 게 의미가 없을 지경이었다.

심지어 소름이 끼칠 정도로 빠르다.

번개가 번쩍이는 속도와 닮았다고 해서 섬절이라 부르는 당가 암기술의 한 배 반. 진자강은 역잔영 혼신법까지 써서 겨우 금강지를 피할 수 있었다.

펑!

진자강이 휘날린 머리카락들의 가운데를 금강지가 뚫고 지나갔다. 머리카락들의 사이에 동그란 구멍이 뚫리고 귀 위쪽이 걸려서 이가 빠진 것처럼 살점이 삭제되었다.

끊긴 머리카락이 흩날리고 귀에 피가 흘렀다.

미세한 부상. 그러나 진자강이 부상을 입은 건, 그사이에 공격을 시도했기 때문이다.

진자강의 손이 양옆으로 벌려져 있었다.

범본은 진자강의 미간을 손가락으로 겨누고 있다가 자신의 양쪽 귓구멍으로 날아드는 침의 살기를 느꼈다. 살짝 고개를 앞으로 숙였다. 양옆에서 크게 호선을 그리며 범본의 귓구멍을 정확하게 노리고 날아간 비선십이지의 독침이 빗나갔다.

독침을 피한 범본이 양팔을 벌리고 있는 진자강을 향해 금강지를 쏘았다. 진자강의 잔상을 뚫고 금강지가 바닥까지 직격했다.

진자강이 범본의 머리 위에서 나타났다. 진자강은 주먹으로 관자놀이를 쳤다.

뻐억! 범본의 머리가 얼마나 큰지 진자강의 주먹은 어린 아이의 손 같았다. 진자강은 범본의 머리를 잡고 관자놀이를 무릎으로 찍었다.

뻐억 뻑! 뻑!

보통 사람이라면 머리가 뭉개지고 뇌가 진탕되어 죽었을 텐데, 범본은 아무렇지도 않게 머리 위로 손을 휘저었다.

부우웅! 솥뚜껑 같은 손바닥이 날아왔다. 진자강은 머리를 짚고 옆으로 미끄러지듯 범본의 등으로 돌아갔다. 뒤통수와 목의 연결 지점, 철두공이 미치지 못하는 부분을 팔꿈치로 내려찍었다. 땅으로 떨어지면서 범본의 엉덩이를 양발로 차 버렸다.

범본이 비틀대면서 앞으로 한 걸음을 내디뎠다. 하나 무슨 일이 있었냐는 듯 뒷목을 잡고 목을 두어 번 까딱거렸다.

진자강은 허리의 탄력으로 튕기듯 벌떡 일어서서 범본의 발 뒤 오금을 발로 밟았다. 오금의 근육이 파열되면 서지 못한다.

빠악!

진자강의 발끝과 철포삼이 충돌했다. 진자강이 찬 힘에 스스로 밀려서 중심을 잡지 못하고 휘청거렸다.

부우웅! 진자강을 잡기 위해 범본의 손바닥이 날아왔다.

진자강은 손바닥을 자신의 손바닥으로 마주치며 반탄력으로 물러났다.

순간, 범본의 반대쪽 손이 뒤쪽으로 당겨졌다. 발밑의 마룻바닥이 빠직, 하면서 부서지는 게 보였다.

범본이 상체를 앞으로 기울이며 바닥을 박찼다.

쾌아앙! 발밑이 박살이 나 구덩이가 팰 정도의 진각이었다. 진자강은 눈을 크게 치켜떴다. 범본이 손끝을 모아서 끝을 뾰족하게 하여 진자강의 어깨를 찍었다. 진자강은 뒤로 재주를 넘으며 범본의 손을 피했다.

푸아아앙! 맹렬한 바람 소리와 함께 범본의 손이 진자강의 몸을 스쳐 갔다. 그런데 그게 끝이 아니라 미끄러지듯 팔이 움직이며 계속해서 진자강을 쫓아온다.

'뱀?'

진자강은 황급히 재주를 넘었다. 뒤로 펄쩍펄쩍 재주를 넘을 때마다 혀를 날름거리는 독사처럼 범본의 손이 따라왔다.

어지간하면 반격을 할 텐데, 그럴 수가 없었다. 범본의 오른손이 좌우로 미끄러지며 계속해서 진자강을 추격했다. 진자강은 일 층의 다관을 가로질러 반대쪽 벽까지 계속 재주를 넘었다. 벽까지 몰리면 더 이상 피할 수 없다. 진자강은 마지막 순간에 쌍장으로 바닥을 치며 크게 재주를 넘었다. 그러곤 양다리를 벌려 좌우의 탁자에 걸쳤다.

범본의 손이 진자강의 가랑이 아래로 아슬아슬하게 지나
갔다. 진자강은 범본의 눈을 주먹으로 때렸다.

뻑! 내공이 잔뜩 담긴 주먹이다. 범본의 눈두덩이가 뭉개
지고도 남았어야 하는데 오히려 진자강의 주먹 뼈가 울렸
다. 범본이 다리를 굽혔다가 몸을 쭉 펴며 진자강을 머리로
받았다. 진자강은 범본의 정수리를 손으로 받치며 벽을 박
차고 반대로 넘어갔다.

범본의 등 뒤로 착지하여 뒷발로 등을 가격하려 하는데,
범본이 순간적으로 돌아섰다. 그 동작이 너무 빨라서 뒤통
수에서 눈이 튀어나온 듯하였다.

진자강은 불안함을 느끼고 옆에 있는 탁자를 당겨 앞을
막았다. 범본이 자세를 낮추었다가 일으키며 무릎으로 진
자강을 걷어 올렸다. 고급스러운 자단목으로 만들어진 두
꺼운 탁자가 범본의 무릎에 걸렸다.

콰자작! 순식간에 탁자가 박살 나며 잔해가 천정으로 치
솟았다. 층고가 높은 일 층의 천장에 잔해들이 푹푹 박혔
다.

진자강은 탁자의 부러진 다리를 잡고 뒤로 몇 걸음이나
물러섰다. 그냥 탁자로 막고 버티고 있었으면 진자강도 탁
자의 잔해처럼 천장에 박혔으리라!

무릎을 높이 치켜들었던 범본이 한 손을 위로 하고 외발로 섰는데, 그 모습이 자못 익숙하다. 범본은 무릎을 내리며 손을 위아래로 하여 가볍게 앞을 딛고 섰다.

'학!'

진자강은 부러진 탁자의 다리를 범본의 얼굴에 집어 던졌다. 내공이 담겨 있어서 얼굴에 박히고도 남을 것이다.

범본이 상체를 앞으로 기울이며 펼쳤던 손가락을 굽혀서 갈고리처럼 만들곤 크게 부르짖었다.

크어허엉!

동시에 진각을 밟고 진자강에게 날듯이 달려들었다. 진자강이 던진 탁자의 다리는 범본의 머리에 맞아 허무하게 부서졌다. 범본은 커다란 덩치라고는 믿을 수 없는 속도로 진자강의 앞까지 도달했다. 범본이 갈고리 같은 손으로 위에서 아래로, 공간을 찢어발기듯이 후려쳤다.

진자강은 반격을 위해 최소한으로 거리를 두고 어깨를 뒤로 뺐다.

쫘아악!

범본의 손가락은 진자강에게 닿지 않았다. 그러나 진자강의 상의는 다섯 줄기로 찢겼다.

진자강이 상의 안쪽 가슴팍에 대고 있던 제갈가의 방호대(防護帶)도 찢겨 있었다. 찢긴 방호대 사이로 진자강의 맨가슴이 드러났다. 맨가슴에도 네 줄기의 상처가 보였다.

핏.

피가 살짝 배어났다. 방호대 덕분에 상처가 얕았다. 방금 싸우기 전에 미리 해 둔 방호대가 아니었다면 방호대 대신 진자강의 가슴이 찢겨 나갔을 것임에 분명했다.

아니, 애초에 도검을 막는 방호대를 맨손가락으로 찢었다는 게 더 이상한 것이다!

진자강의 뒤쪽에 놓여 있던 화분의 꽃나무가 지푸라기처럼 갈가리 뜯겨서 날려졌다. 찌익…… 화분의 표면에도 긁힌 흔적이 남으며 금이 갔다.

퍽! 화분이 깨지면서 물이 터지듯이 흘러나왔다.

진자강은 동그랗게 뜬 범본의 눈동자와 손동작을 보고 익숙한 맹수를 떠올렸다.

"호랑이……."

범본이 송곳니를 드러내고 웃었다.

*　　　*　　　*

"소림오권(少林五拳)."

육하선이 말했다.

"뱀과 학, 호랑이, 표범 등의 동물을 보고 만들었다는 무술이지요."

무각이 답했다.

"나한승들은 입문하여 소림오권 중에 하나를 배운다. 대불은 다섯 가지를 모두 대성했다."

임이언이 물었다.

"하나 소림오권은 사람의 신체와 동물의 움직임에 어떤 다름이 있고 어떤 장점이 있는지, 기의 흐름은 어떠한지를 알기 위해 배우는 무술로 압니다. 그것으로는 일급 가문의 권각법을 이기지 못합니다."

무각은 혀를 찼다.

"너는 멍청하구나. 내가 말했잖아. 대불이 하면 그건 더 이상 나한승이 배우는 입문용 소림오권이 아니라고."

멍청하다는 말에 임이언이 표정을 찡그렸다.

당하란이 물었다.

"대불이 펼치는 소림오권이 어떻다는 얘기입니까?"

"당연히 소림 최강의 권각법이 되지. 대력금강장, 미륵신권, 금룡구해…… 다 상대도 안 된다."

"그 말씀인즉……."

무각은 다소 안쓰럽다는 눈빛으로 당하란을 보며 말했다.

"독룡이 만약 범본이 무식하게 신력만 믿고 싸운다 생각하고 근접해서 박투를 펼치면, 좋지 않은 상황에 처하게 될 거란 뜻이다."

남궁락이 말했다.

"그건 독룡을 너무 우습게 보고 하는 말씀입니다. 독룡이 단순하게 덤빌 인물이 아니라는 건 대사께서 더 잘 아실 겁니다."

무각이 남궁락에게 성질을 부렸다.

"내가 독룡에게 맞아서 나가떨어졌다고 나를 무시하는 것이냐?"

"그럴 리가 있겠습니까. 하지만 천하의 멸마승이라면 독룡의 대응에 대해 다른 견해를 가지고 계실 것 같습니다."

"독룡은 워낙 치밀한 데다 심계가 깊고 대응이 허를 찌르며, 싸움도 매우 변화무쌍하다. 하지만 상대가 나빠. 대불에게 암기는 거의 통하지 않을 것이고 근접전에서 특유의 잔혹함도 통하지 않을 것이다."

"독룡은 병기도 잘 다루는 것 같습니다만……."

남궁락이 잠깐 말을 끊었다가 생각하며 물었다.

"나한승도 병기술을 배웁니까?"

"기본적으로 십팔반 병기는 모두 배운다. 하지만 소림사라고 하면 딱 떠오르는 게 있을 텐데."

육하선이 던지듯 말했다.

"곤법?"

모두가 '아!' 하고 탄성을 냈다.

"그렇군요. 소림곤법!"

멍청하단 소리를 들었던 임이언이 자존심을 만회하기 위함인지 먼저 말했다.

"소림곤법은 강호의 모든 곤법 가운데에서도 으뜸이라 대종(大宗)이라 부른다 하지."

모두가 임이언의 말이 맞는지 무각을 쳐다보았다.

무각이 또 똑같은 말을 해야 하느냐는 투로 답했다.

"대불은 곤 하나로 십팔반 병기를 사용하는 선대의 고승들, 이른바 십팔동인(十八銅人)을 한꺼번에 쓰러뜨렸다. 곤법의 최고수야."

*　　　*　　　*

쾅!

진자강은 벽을 부수고 처박혔다. 부서진 판자들이 등에서 삐걱거렸다.

진자강이 충격을 받고 고통을 호소하기도 전에 범본의 거구가 허공에서 몇 번을 회전했다. 디딤돌처럼 거대한 발이 수 개로 갈라져 진자강을 압박해 왔다. 진자강은 쌍장으로 벽을 쳐서 빠져나왔다.

콰콰쾅! 진자강이 박혀 있던 벽이 밖으로 터져 나갔다.

진자강은 바닥을 굴러 나오며 비수로 범본의 사타구니를 아래에서 위로 찔렀다. 범본은 다리를 오므려 비수의 뾰족한 날을 밟고 허공으로 뛰었다.

거대한 표범. 그러나 덩치가 작은 표범에도 뒤지지 않는 날렵함을 가지고 있었다.

우지직. 오히려 비수를 쥐고 있던 진자강의 손목과 팔꿈치 관절이 범본의 무게에 눌려 거친 파열음을 냈다. 진자강이 통증으로 눈을 찌푸렸는데, 동공에 범본의 손가락 끝이 보였다. 진자강이 고개를 옆으로 틀었다.

꽝! 벼락 치는 소리가 나며 범본의 금강지가 진자강의 머리칼을 뚫었다.

진자강은 바닥을 굴러서 거리를 벌린 다음, 기둥 뒤에 숨겨 둔 작하신검을 꺼냈다. 왼손으로는 작하신검을 오른손으로는 절겸도를 쥐었다.

내공이 쉴 새 없이 들어오며 진자강의 소모된 기력을 보충시켜 주었다.

범본이 그 모습을 보더니 고개를 끄덕거렸다.

"남궁가의 작하신검. 좋은 물건이지요. 하면 소승도 모처럼 최선을 다해 볼까 하는 마음이 생깁니다."

범본은 주위를 휘휘 둘러보더니 가운데의 기둥으로 갔다. 사람 몸통보다 굵은 기둥이었다. 범본이 기둥을 안았다.

"흐으읍!"

범본의 머리에 힘줄이 돋았다.

진자강도 설마, 라고 생각할 만큼 어이없는 행동이었다.

그러나 기둥이 흔들리기 시작했다.

우지직, 우직.

기둥의 아래가 흔들리고 위에서는 천장이 흔들렸다. 흙먼지가 쏟아지고 아래에서는 나무 바닥과 고정해 놓은 주춧돌이 껄끄러운 소리를 내며 버적거렸다.

콰드드득!

콰가가각…… 기둥이 나무 타래를 토해 내며 비명을 질렀다.

기둥의 위아래가 부서지며 범본의 손에 잡혀 나왔다. 기둥을 뽑은 것이 아니라, 아예 기둥 자체를 뜯어내 버린 것이다!

키만큼의 기둥을 통째로 뜯어내 버린 탓에 천장의 대들보가 휘청대고 전각이 들썩댔다.

범본은 뜯어낸 기둥을 좌우로 휘둘렀다.

구— 우우웅! 구우웅!

그러곤 제법 마음에 드는지 기둥을 한 손으로 잡아 옆구리에 끼고 자세를 잡았다.

진자강은 빤히 범본을 보다가 물었다.

"그거 설마……?"

범본이 대답했다.

"그렇습니다. 소림곤법입니다."

진자강의 표정이 미묘해졌다.

어디가 곤법?

"……."

진자강이 범본을 쳐다보았다.

사람 몸통보다 굵은 기둥을 들고 곤법이라니.

범본의 체구가 거대하긴 하지만 아무리 그래도 기둥만큼은 결코 곤으로 보이지 않았다. 오히려 너무 굵어서 편히 잡고 휘두르기 버거워 보였다.

"자, 가겠습니다."

범본이 앞으로 크게 한 발을 내디뎠다. 우지직! 범본의 손가락이 기둥을 파고들어 갔다. 기둥이 으깨지며 손에 단단하게 쥐어졌다. 한 손으로 그렇게 기둥의 끝을 잡고 다른 손을 중간에 두어 받치며 아래에서 위로 기둥을 휘둘렀다.

콰아아아!

나무 바닥이 기둥에 걸려서 쓸려 나가며 사방으로 나무 못과 판자들이 튀었다. 범본은 곤을 머리 위에서 한 바퀴 돌리며 진자강의 옆머리를 후려쳤다.

진자강은 힘으로 맞상대할 엄두가 나지 않았다.

진자강이 제자리에서 높이 뛰어 기둥을 피했다.

콰아아! 나무 잔해를 포함한 엄청난 기운이 진자강의 발 아래쪽을 스쳐 갔다. 순간 진자강의 몸이 휘청댔다. 기둥이 일으킨 돌풍에 몸이 휩쓸렸다.

진자강은 바람에 휘말린 낙엽처럼 중심을 잡지 못하고 팽그르르 돌았다.

"큭!"

허공에서 왼발의 발등을 오른발로 찍고 공중제비를 돌아 겨우 중심을 잡았다. 끔찍한 위력이다. 이러면 피하는 게 무슨 의미가 있는가!

범본이 뒷발을 앞으로 당기며 허리를 틀어서 기둥을 교차해 잡곤 아래에서 위로 빙글 돌렸다.

구우우우웅!

진자강은 급하게 기둥을 박차고 범본의 머리 위로 뛰려 했는데 기둥이 더 빨랐다. 발로 차는 순간 기둥이 반 바퀴 를 더 돌았다. 진자강은 뛰지 못하고 아래로 처박혔다.

쾅!

범본이 궁보의 사세에서 기둥 끝과 가운데를 잡고 수직으로 회전시켰다.

부우웅! 부우우웅!

진자강이 바닥을 굴러 피하며 회전하는 기둥을 절겸도로 찍어서 걸었다.

기둥이 움직이는 힘에 절겸도를 박아 넣은 진자강의 팔이, 몸이 딸려 갔다. 천근추를 사용해 버티려 했지만, 천근추고 뭐고 아무런 도움이 되지 않았다.

부우우우우우웅!

범본이 머리 위에서 기둥을 돌리자 진자강은 소용돌이에 휘말린 것처럼 기둥에 딸려 회전했다.

"차하!"

범본이 진자강까지 포함하여 휘두르던 기둥으로 다른 기둥을 쳐 버렸다. 그대로 있으면 진자강은 기둥 사이에 끼어서 압사할 수도 있었다. 진자강은 절겸도를 놓아 버렸다. 진자강의 몸이 화살처럼 튕겨 나가 벽에 박혔다.

동시에 범본이 휘두른 기둥에 부딪친 기둥의 중간이 터져 나갔다.

쾅!

천정에서 먼지가 우수수 떨어지며 황학루 전체가 기우뚱하고 흔들렸다.

범본은 기둥을 붕붕 돌리며 본래의 자세로 돌아갔다.

진자강이 벽에서 몸을 빼내 내려왔다.

턱.

발로 땅을 디디는데 다리가 휘청거렸다. 전신의 뼈마디가 부서진 듯한 충격이 남아 있었다.

손을 내려다보았다. 손끝마저 가늘게 떨렸다. 미세한 감각이 순간적으로 먹통이 되었다.

진자강은 고개를 들어 범본을 보았다. 범본의 주변은 온통 초토화가 되어 있었다. 바닥은 으깨지고 탁자와 의자는 박살이 났다.

이래서야, 오가면서 곳곳에 숨겨 둔 무기들을 제대로 쓸수 있을 리가 없다.

"……."

말이 안 나왔다.

신체적 장점을 충분히 이용할 줄 아는 상대다. 그런 상대는 대적하기가 매우 까다롭다. 심지어 그것이 통상적으로 보통 사람들이 생각하는 상리(常理)를 완전히 벗어났다.

무지막지하게 강하다.

원거리는 통하지 않고, 근거리에서도 밀렸다. 거기에 병기술은…… 제대로 한 번 휘둘러 보지도 못하였다. 애초에 저런 무식한 곤에 다른 무기로 상대할 수 있다고 여기는 자체가 우스운 노릇일지도 모른다는 생각이 든다.

검강을 쓴다 해도 마찬가지일 것이다. 검강으로 기둥은 자를 수 있겠지만, 정작 그 검강이 범본에게 닿기도 전에 본인은 쓸려 버릴 테니까.

범본이 진자강을 내려다보았다.

위압감이 진자강의 전신을 짓눌렀다.

"아직도 아귀왕이 누구인지 궁금합니까?"

진자강은 몸을 털고는 범본에게 물었다.

"누굽니까?"

범본이 피식 웃었다.

"시주는 여전히 정신을 못 차렸나 봅니다."

"숨기는 게 있으면, 숨기는 자가 범인입니다."

"소승이 범인이라는 말을 들어야 할 정도로 타락한 중은 아닙니다."

범본의 말에 진자강이 대꾸했다.

"내가 알게 뭡니까. 아귀왕이 누군지나 말해 보십시오. 하면 대사는 살려 드리겠습니다."

범본의 눈이 가늘게 떠졌다.

"소승이 아귀왕이라면?"

"그럼 죽어야지요. 쓸데없는 걸 묻지 마십시오."

범본이 크게 껄껄 웃었다.

진자강은 바닥에 떨어져 있던 누군가의 옷가지를 집더니 범본의 얼굴에 집어 던졌다.

철벅! 축축한 옷가지가 범본의 얼굴에 맞고 미끄러지며 떨어졌다.

콧구멍이 씰룩였다. 웃고 있던 범본의 표정이 굳었다. 범본이 얼굴에 묻은 물기를 손으로 매만졌다.

지린내가 났다.

진자강이 사과했다.

"아, 미안합니다. 무서운 스님들이 나타나니 누군가 참지 못하고 실례를 하셨나 봅니다."

범본의 눈썹이 바르르 흔들렸다.

빠직, 빠직, 빠직!

나무껍질이 부서지며 손가락이 기둥을 파고들었다.

뻐억! 기둥이 악력에 박살이 났다. 범본이 잡고 있던 부분이 쥐어뜯긴 듯 찢겨 나갔다.

범본은 망가진 기둥을 들어 던졌다. 기둥이 바닥에 박혀 삐딱하게 섰다.

범본이 진자강을 노려보더니 한쪽씩 발을 들어 발목을 돌려 풀었다.

그러곤 진자강을 향해 한 걸음씩 걸어왔다.

저벅!

평범한 걸음, 그러나 기세가 사뭇 다르다.

저벅, 저벅!

진자강은 눈을 찡그렸다.

범본의 몸이 좌우로 분리되는 듯했다.

저벅 저벅! 한 걸음을 내디뎌 가까이 올 때마다 점점 몸이 나뉘고 있었다!

누구라도 눈을 의심할 수밖에 없는 상황이었다.

범본이 하나 반이 되었다가 곧 둘이 되었다. 저벅저벅, 걸음을 내디딜 때마다 또 몸이 갈라지더니 셋이 되어 간다.

범본이 셋으로 나뉘어 다가오니, 가뜩이나 거대한 덩치 때문에 진자강의 시야가 꽉 차 버렸다.

*   *   *

"⋯⋯."

모두가 육전을 먹는 무각의 얼굴을 보기만 했다.

남궁락이 헛기침을 하며 말했다.

"다 좋습니다. 입문 무공으로 최강이라는 말도 그렇다 이해할 수 있고, 곤법이 강하다는 것도 알겠습니다. 그러나 세간에 들려오는 평을 들어 보면⋯⋯."

무각은 무슨 말을 하려는지 알겠다는 듯 먼저 말했다.

"둔하다?"

소림사의 방장을 두고 둔하다느니 느리다느니 하는 말을 하기는 좀 그런 탓에 남궁락은 고개만 끄덕였다.

무각이 실소했다.

"그럴 만도 하지. 워낙 육중한 몸을 가지고 있으니까."

"만약에 상대가 민첩하여 거리를 유지하다가 치고 빠진 다거나, 달아난다거나 하면 잡을 수가 없지 않겠습니까."

"소림사는, 그리고 소림사의 방장은 태산이다. 스스로 움직이지 않으면 누구도 움직일 수 없고, 움직이면 반드시 끝장을……."

육하선이 젓가락으로 밥상을 탁탁 쳤다.

무각은 육하선을 곁눈질했다. 자꾸 말을 어렵게 하면 육 전을 못 먹게 하겠다는 표정에 경기가 들린 듯 말했다.

"대불 신법도 잘한다!"

육하선이 웃었다.

"아아, 이 얼마나 이해하기 쉬운 말입니까. 그러니까 진 작 그렇게 말씀하시란 말입니다. 그래야 중생들이 알아듣 고 깨달음을 얻을 것 아닙니까."

무각은 새 육전을 받아먹고 오물거리며 말했다.

"어쩌면…… 대불의 생각이 맞는지도 모르겠다."

"그건 또 무슨 말씀이십니까?"

"대불은 중생들을 통통으로 끌어들이지 말고, 중생들이 좋아하는 황금으로 꼬셔서 계도하라 하였다. 그들의 눈높이에 맞추어 교화하여야 한다 주장했다."

육하선이 고개를 끄덕였다.

"하기야 육전으로 고승도 꼬드기는데 우리 중생들은 더하겠지요."

남궁락도 차를 한 모금 입에 머금곤 자신의 생각을 말하였다.

"지금 세상에서 중생들에게 가장 쉽게, 가장 편하게 다가갈 수 있는 것은 금력(金力)임을…… 누구도 부인하지는 못할 겁니다."

무각이 씹던 육전의 파편까지 튀기며 역설했다.

"하지만 그래서는 안 되는 게야! 성불은 결코 쉽고 편한 길이 아니다. 부처께서도 고행을 통해 수행했다. 진실은 늘 어렵고 진리에의 길은 온갖 마귀들이 막고 있다. 인륜을 버리고 부처가 되면, 그것은 이미 부처가 아니라 마귀인 것이니라—!"

한껏 열변을 토한 무각은 쭈그렁거리는 얼굴에 침통한 표정을 지었다.

얼굴을 잔뜩 일그러뜨리고 당하란을 바라보았다.

그러다가 힘겹게 고개를 저었다.

"미안하구나. 네 낭군은……… 살아서 돌아오기 어려울
거다."

당하란이 굳은 얼굴로 물었다.

"왜 그렇게 단정하십니까?"

"대불은 최강의 나한이다. 금강승이든 동인이든 대
불이라는 나한을 이기지 못했다. 그런 대불을 이기려면
결코 대불을 화나게 해서는 안 된다. 대불이 화가 났을
때……."

무각은 조금 전 너무 열을 내어 힘에 부쳤는지 잠시 말을
끊었다가 말했다.

"대불은 셋이 된다."

이번에는 육하선도 육전을 빼앗지 않았다.

대신 술을 따라 주었다.

무각이 술을 마시고 숨을 돌린 뒤 말했다.

"극강의 나한보(羅漢步)로 혼자서 펼치는 일인 나한진(一
人 羅漢陣)."

"일인 나한진?"

"그것으로 나한 무공에 통달한 대불이 셋이 되어 버리는
게다."

＊　　　　＊　　　　＊

　범본의 뾰족한 손끝이 미끄러지듯 날아와 진자강의 머리를 노렸다.

　소림오권 중의 사권 파사쇄(破蛇碎).

　진자강이 첨련점수를 이용해 금나수로 범본의 손목을 걸어 방향을 바꾸려 하였으나 범본의 손은 꿈쩍도 하지 않았다. 진자강의 금나수를 무시하고 쭉 밀고 들어왔다. 진자강은 고개를 숙이며 뒷발을 거꾸로 올려 범본의 코를 발바닥으로 찼다.

　범본의 얼굴에 분명히 진자강의 발이 직격했다. 그런데 옆에 있는 다른 범본이 호권으로 진자강의 턱을 올려쳤다. 진자강이 양팔로 얼굴을 막았다. 양팔의 팔뚝이 모조리 긁히면서 살이 찢기고 진자강의 몸이 떠올랐다.

　제삼의 범본이 표범처럼 몸을 낮추었다가 표자천애(豹子穿崖)로 뛰어올라 진자강을 목을 손으로 짓눌렀다. 진자강이 팔뚝의 피를 입으로 빨아 그의 얼굴에 뱉었다.

　처음 얼굴을 맞았던 범본이 용이 하늘로 치솟는 것처럼 아래에서 위로 뛰어오르며 주먹으로 진자강의 등을 가격했다.

　우드드득!

등뼈에서 거친 소리가 났다. 호법대도 소용이 없었다. 진자강의 입에서 피가 터져 나왔다.

컥!

진자강은 비명을 밖으로 내지를 틈도 없이 다리를 좌우로 벌려 두 명의 범본을 걷어찼다.

뻑 뻐억!

분명히 둘 다 가격하였다. 그러나 시간차가 있었다. 정말로 범본이 셋이 된 건 아니라는 뜻이다!

물론 범본은 아랑곳 않고 계속해서 진자강을 몰아붙였다. 범본의 세 형상 모두가 실상이었고 실초를 사용하고 있었다. 현란하게 움직여서 상대의 공격을 피하고 빈틈을 유도할 필요가 없다. 몰아붙여서 공격할 뿐이다.

진자강이 전면의 범본을 향해 작하신검을 찔렀다. 검기가 새파랗게 어렸다. 하나 범본은 피하지도 않았다.

검기까지 깃든 작하신검이 범본의 가사를 뚫지 못하고 검신이 휘었다.

티이잉!

작하신검의 검신이 튕기는 순간, 또 다른 범본이 바로 옆에서 나타났다. 모든 풍경이 일그러지며 범본의 주먹으로 빨려들었다. 거력(巨力)이 응축되어 공간이 일그러졌다.

범본이 진자강을 향해 주먹을 뻗었다.

평범한 나한권…….

진자강은 작하신검을 연신 휘둘러 권에 깃든 힘을 줄이려 했다.

무용(無用)!

콰아아!

진자강은 권풍에 휘말려 뒤로 날려졌다.

진자강은 거의 일 장이나 밀려났다. 정신없이 날리면서 바닥에 작하신검을 꽂았다. 작하신검이 바닥을 길게 갈랐다.

세 범본이 앞에서 달려오는데, 서로 앞서거니 뒤서거니 한다. 눈으로 보면 이것이 한 명인지 정말 세 명인지 알 수가 없다.

범본은 진자강이 밀려난 속도를 순식간에 따라와 공격했다.

거구의 범본이 공중에서 몸을 돌려 진자강을 걷어찼다.

학권, 소림비각(少林秘脚).

진자강은 작하신검을 놓고 포룡박으로 범본의 발을 잡아 긁으려 했다.

그러나 손가락이 범본의 발에 닿기도 전에 튕겨 나는 것이 아닌가!

완벽한 학권의 동작에서 생겨나는 나선의 경력이 범본의 발을 감싸고 있었다. 진자강은 급히 팔을 당겨 앞을 막았다.

으지직! 온몸의 관절이 뒤틀리는 충격과 함께 진자강은 팽이처럼 돌며 뒤로 날려졌다. 튕겨지는 속도보다 빠르게 뒤로 돌아간 범본이 진자강의 등허리를 올려 찼다. 진자강은 겨우 몸을 비틀어 대퇴부로 범본의 다리를 받았다.

펑! 바지가 터져 나갔다. 진자강의 몸이 직선으로 솟구치며 천장에 박혔다.

세 번째 범본이 바닥을 박차고 뛰어오르며 일장을 뻗었다. 평범한 장이 아니라 손가락의 끝마디들을 굽히고 있어서 마치 용이 발가락을 크게 벌린 듯한 모양이었다.

범본이 오조룡(五爪龍)으로 천장에 박힌 진자강을 그대로 밀어쳤다.

진자강은 최대한 몸을 웅크렸다.

콰…… 직!

천장의 나무판자들이 순식간에 함몰되며 진자강은 천장을 뚫고 날아갔다.

쿠당탕탕.

진자강은 이 층의 천장 가까이까지 떠올랐다가 떨어져 이 층 바닥을 굴렀다.

몸의 뼈가 완전히 바스러진 것처럼 고통스러웠다. 마치 전속력으로 달려가 절벽에 몸으로 부딪친 것처럼 충격이 왔다.

진자강은 무릎을 꿇고 바닥에 손을 짚어 겨우 몸을 조금 일으켰다. 터져 나간 하의를 보니 대퇴부부터 넓적다리까지 시꺼멓게 멍이 들어 있었다.

이런 경우는 도대체가 진자강도 처음 겪는 것이었다.

공격이 전혀 통하질 않는다. 거구인 범본의 신체적 특성상 금나수나 기타의 권각법도 효용이 없고, 암기는 무용지물이고, 칼도 통하지 않았다.

심지어 진자강의 특기인 육참골단은 아예 불가능했다. 부상을 감수하고 공격을 허용하는 대신, 더 큰 상처를 입히는 진자강의 수법이다. 부상이 빨리 치유되기에 할 수 있는 방법이었는데…… 기본적으로 범본에게는 그것이 불가능했다. 엄청난 경력이 공격에 포함되어 있어서 진자강의 반격은 닿지도 못하고 튕겨 나는 것이다.

끔찍하다.

지독할 정도로 끔찍한 상대였다.

콰앙!

범본이 머리로 바닥을 뚫고 일 층에서 이 층으로 올라왔다.

이 층에 올라선 범본은 상처 하나 없다. 그가 머리 위에 얹힌 흙먼지와 나뭇조각들을 툭툭 털면서 열린 창으로 밖을 보았다.

"감사합니다. 덕분에 유명한 황학루의 풍경을 층마다 모조리 구경하고 가게 되는군요."

일 층은 다관이고 이 층은 술과 요리를 파는 곳이다. 먹다가 말고 달아난 이들이 있어 상차림이 그대로 남아 있었다.

진자강은 팔다리를 바들바들 떨면서 일어났다.

"후……."

옆 탁자에서 젓가락을 집어 고기 한 점을 들고 베어 물었다.

질겅질겅.

그러곤 위를 가리켰다.

"아직 삼 층 남았습니다만."

범본은 웃었다.

"언제까지 허세를 부릴 참입니까? 일 층에 가져다 둔 함정들, 이제 못 쓰게 되었을 텐데 말입니다."

"나온 김에 하는 말인데, 이 층에도 좀 있습니다."

동시에 진자강이 젓가락을 손에서 팽그르르 돌리더니 범본에게 던졌다.

젓가락이 수 개로 쪼개지며 범본의 목울대를 향해 날아갔다. 철포삼이 깃든 가사가 닿지 않는 곳!

"소용없……."

순간 진자강이 대롱을 물었다.

삐이이이익!

날카로운 서리음이 범본의 고막을 노렸다. 범본의 눈동
자 초점이 잠깐 동안 흔들렸다. 그것이면 충분했다.

때맞춰 목울대로 향하던 젓가락을 닮은 암기의 일부가
비선십이지로 치솟아 범본의 콧구멍을 향했다. 암기는 범
본의 콧속을 통해 뇌까지 관통할 것이다!

범본은 살짝 비틀대며 두꺼운 손바닥을 들어 목과 얼굴
을 가렸다. 워낙 손이 커서 목과 얼굴이 한꺼번에 가려졌
다.

진자강이 던진 독침들은 고스란히 범본의 손바닥에 꽂혔
다.

범본은 독침이 꽂힌 손으로 주먹을 쥐었다.

진자강은 범본을 가만히 쳐다보았다. 범본이 주먹을 힘
껏 쥔 채 앞으로 내밀었다.

그러곤 손을 펼쳤다.

후두둑. 완전히 구부러진 독침들이 떨어져 내렸다.

진자강의 표정이 굳었다.

"철사장(鐵砂掌)……?"

범본은 일전에 아미자를 손바닥 안에서 구부러뜨린 적이 있었다. 혹시나 싶었는데, 독침이 전혀 박히지 않는 걸 보니 철사장을 익혔을 가능성이 높았다.

철사장은 철두공과 함께 소림사에서 가장 널리 알려진 무공 중 하나.

철사장으로 단련된 손바닥은 굳은살이 매우 심하게 딱딱해지고 두꺼워져 그 자체로 등갑(藤甲)이자 무기가 된다.

범본은 이제 대놓고 어쩔 것이냐는 투로 진자강을 바라본다.

진자강은 몇 번이나 심호흡을 하며 몸 상태를 점검했다.

작하신검은 아래층에 박혀 있지만 다행히 부상의 대부분은 외공으로 충격을 받거나 위력에 휘말린 것이라 내부의 기혈 상태는 나쁘지 않았다.

"독룡 시주."

범본이 인자한 표정으로 웃으며 두꺼운 손바닥을 내밀어 권유하듯 말했다.

"반항은 그만두고 나와 갑시다. 평생 동안 참회하며 그간 저지른 악업을 씻으시지요."

진자강은 범본이 내민 손을 빤히 보더니 품에서 비수를 꺼내 들었다. 그러더니 비수를 들어 범본의 손바닥을 찍었다.

퍽!

비수의 끝이 구부러졌다.

진자강이 물었다.

"아귀왕이 누굽니까?"

"집착을 버리십시오. 버리지 못하면 성불할 수 없습니다."

진자강은 다시 범본의 손바닥을 내려쳤다.

퍽퍽! 구부러지던 비수의 끝이 아예 깨져 버렸다.

행동과는 달리, 진자강이 아주 정중하게 말했다.

"그럼 대사도 내게 대한 집착을 버리고 돌아가시든지요."

"이것은 단죄(斷罪)이지, 집착이 아닙니다."

"단죄에 너무 집착하지 마십시오."

범본의 눈썹이 꿈틀거렸다.

"시주의 집착을 내게 투영한다고 해서, 집착이 아닌 것이 집착이 되는 건 아닙니다."

"내게 집착하지 말라고 몇 번을 말씀드리는데 왜 자꾸만 집착하지 말라고 내게 집착하십니까?"

진자강이 깨진 비수로 범본의 손바닥을 더 힘껏 내려쳤다.

팍!

범본의 입술 끝이 살짝 떨렸다. 진자강은 범본의 얼굴을 빤히 쳐다보며 계속해서 비수로 손바닥을 쳤다.

"왜, 그러니까 왜 집착에 집착을 하시느냔 말입니다?"

파악! 팍!

범본의 얼굴에 떨림이 조금씩 늘어 갔다.

모든 일에는 때가 있다. 아까 내밀었던 손을 거두었어야 했다. 이제 와 내민 손을 회수하자니 진자강의 패기에 지는 듯한 기분이 들고, 그대로 있자니 기분이 나쁘다.

범본이 손바닥에 내공을 집중했다.

와직! 진자강이 내려친 비수가 손잡이까지 뭉개져 버렸다.

그제야 범본이 찬찬히 손을 거두었다.

"이제…… 그만하십시오. 마지막 경고입니다."

진자강은 깨진 비수를 버리더니, 근처에서 의자를 끌어왔다. 의자에 한 발을 걸치고 옆의 탁자로 한 발을 올렸다. 그런데도 진자강은 여전히 범본을 올려다볼 정도였다.

그래도 대충 눈높이가 맞자, 진자강은 비수 하나를 또 꺼내 들었다. 비수의 몸이 거무스름하고 묵빛인 것이 범상치 않아 보였다.

범본의 눈빛이 설마? 하는 의심을 담았다.

진자강이 비수를 들어 범본의 머리를 찍었다.

콱!

찍고 쭉 긁었다.

까드득!

쇳소리가 울렸다.

계인이 찍힌 범본의 머리에는 하나의 상처도 남지 않았다. 그저 비수에 긁힌 부분에 조금 붉은 선이 남았을 뿐이다.

진자강이 말했다.

"한 번 더 그만두라고 말하면 대사는 그만두라는 집착을 갖게 되는 겁니다. 안 그렇습니까?"

진자강은 다시 범본의 머리를 찍고 힘껏 당겼다.

까드드드득!

불꽃이 튀었다. 이번에도 범본의 이마에 한 줄의 적흔(赤痕)이 그어졌다. 그러나 비수도 날이 깨지며 이가 나갔다.

범본의 표정은 더 이상 웃고 있지 않았다. 얼굴 근육에 경련이 인 것처럼 씰룩였다.

진자강이 재차 되물었다.

"안 그렇습니까?"

진자강은 이가 나간 비수로 또 찍었다.

까강!

비수는 순식간에 동강이 나 쓸모없게 되었다.

"안 그렇습니까?"

진자강이 입술 끝을 올리고 웃었다.

파르르르. 이제 범본의 입술은 완전히 떨리기 시작했다. 이마에도, 머리에도 힘줄이 돋았다. 가느다랗게 떠진 눈의 눈동자에는 살의가 드러나 있었다.

순간 진자강이 허리 뒤로 손을 가져갔다. 그러더니 폭발적으로 내공을 일으켜 범본의 머리를 찍었다. 진자강의 팔 근육이 팽팽해지고 핏줄이 징그럽게 불거졌다. 그야말로 온 힘을 다한 일격이었다.

진자강이 손에 든 건 끝이 뾰족한 정망치다.

제갈가에서 가져온 보물.

바위를 쪼개고 철에 구멍을 내며 제아무리 단단한 호신강기와 방패마저도 깨뜨릴 수 있는 뇌강신정(雷罡神釘).

갱도에서의 팔 년.

수만 번, 수십만 번 휘둘렀던 정이다.

그 정이, 뇌강신정이 범본의 정수리에 벼락처럼 꽂혔다.

빠 악!

　　　　　*　　　　*　　　　*

　대불이 셋이 된다는 말에 분위기는 더욱 가라앉았다.

　당하란은 고개를 저으며 술잔을 들어 마시려 하였다.

　"응애! 응애!"

　독천이 울었다. 당하란은 술잔을 내려놓고 찻잔을 들었
다.

　당하란이 무각에게 물었다.

　"셋이든 넷이든, 남편은 이겨 낼 겁니다."

　무각은 아주 살짝 고개를 끄덕였다.

　"나도 그랬으면 좋겠다."

　육하선이 무각에게 핀잔을 주었다.

　"그렇게나 대불이 강하다고 해도 그 역시 사람입니다.
대불에게는 약점이 없단 말인가요? 조금은 희망적인 얘기
도 해 주시지요."

　"희망?"

　임이언과 남궁락도 기대하는 투로 무각을 쳐다보았다.

　"희망적인 얘기가 있어야 하지. 없는 걸 지어내란 말이
냐?"

　임이언이 손을 저었다.

　"그럴 리 없습니다."

"뭐가 말이냐?"

"하다못해 철두공만 해도 그렇지 않습니까. 철두공은 사람의 몸에서 가장 단단한 부위이자 동시에 약점인 머리를 무기로써 단련하는 것이지요."

"그런데?"

"눈과 코, 귀와 입은 단련될 수 없습니다."

"당연하지."

무각은 그게 무슨 의미가 있느냐며 되물었다.

"철두공이야 머리가 단단해지는 것이지 눈알이나 귓구멍이 단단해지는 건 아니지 않으냐."

"이목구비(耳目口鼻)가 단련될 수 없는 것처럼 철두공도 마찬가지입니다. 머리는 모든 사람의 본질적인 약점입니다."

"멍청하긴 한데, 일리는 있다. 그래서?"

또다시 멍청하단 얘기를 들은 임이언이 화를 꾹 참으며 말했다.

"철두공으로 외피가 강해질지언정 약점이 사라진 것은 아닙니다. 만일 철두공의 외공을 깨뜨릴 만큼 강한 충격을 주면 철두공이 깨질 겁니다. 그리고 그에 비례하여 본디 약점이었던 정수리는 더 큰 충격을 받겠지요."

임이언이 동의를 바라는 듯 남궁락과 육하선, 당하란을

차례로 보았다.

모두가 고개를 끄덕였다.

임이언이 말한 그런 일은 이미 여러 차례 있어 왔다.

호신강기는 그 자체로 강력한 방패가 되지만, 상대가 그 것을 깨뜨릴 힘을 가지고 있으면 오히려 약점을 방비하지 않고 고스란히 드러내는 일이 될 뿐인 것이다.

＊　　　＊　　　＊

지이이잉, 지이잉!

뇌강신정이 미친 듯이 진동했다.

철두공의 반탄력이 진자강의 손으로 전해졌다. 뇌강신정이 튕겨 나갈 것처럼 흔들렸다. 진자강은 잡은 손을 놓치지 않았다. 반탄력을 강인한 악력으로 받아 내며 버텼다.

범본도 뇌강신정의 충격이 체내에 쌓였다. 머리를 수직으로 관통하고 상체에서 충격이 폭발했다.

뒤늦게 범본의 상체의 가사가 갈가리 찢겨 나갔다.

쫘아아악!

겉에선 깰 수 없었던 철포삼이 안에서부터 깨졌다.

하나 뇌강신정의 몸체에도 금이 갔다.

쩌어억…….

운모의 비늘 결처럼 뇌강신정이 겹겹이 쪼개졌다.

뇌강신정이 찍힌 대불의 정수리에는 붉은 점 하나가 생겨있었다. 뇌강신정조차 범본의 정수리를 뚫지 못한 것이다!

범본이 눈을 위로 치켜떴다.

희번득!

살기 어린 범본의 눈이 진자강을 노려보았다!

진자강은 바로 뇌강신정을 버리고 양팔을 들었다. 손가락을 붙이고 살짝 구부려 반구의 형태로 만든 후 범본의 양쪽 귀를 동시에 때렸다.

이러면 압력에 의해 고막이 터져 나갈 것이다! 외피(外皮)는 몰라도 고막까지 공압의 충격을 받아 낼 수는 없지 않겠는가!

뻑!

범본의 눈동자가 흔들렸다. 양쪽 코에서 물줄기처럼 코피가 쭈우욱! 새어 나왔다.

진자강은 그대로 범본의 머리를 잡고 무릎을 안면에 꽂아 넣었다.

우직!

무릎이 범본의 굵직한 코와 광대의 사이를 직격했다.

그런데 오히려 가격한 진자강의 얼굴이 일그러졌다.

하지만 진자강은 멈추지 않고 다시 코를 올려쳤다. 우직!
또다시 연골이 파열되는 소리가 났다.

진자강은 손바닥을 물어뜯었다. 손바닥이 피로 흥건해졌
다. 반대쪽 손으로 범본의 머리통을 안고 피가 흥건한 손바
닥을 범본의 얼굴에 대, 코와 입을 막았다. 범본은 발버둥
치지도 않고 고개를 좌우로 틀지도 않았다.

진자강을 떨쳐내려 손을 휘저었을 뿐이다. 진자강이 범
본의 손을 피해 어깨에 올라타곤 다리로 두꺼운 범본의 목
을 감았다.

손에 내공을 집중했다.

불꽃이 튀었다. 이글이글, 손바닥에 열기가 생겨났다. 수
라혈이 증기로 화했다.

진자강은 시뻘겋게 달아오른 손으로 범본의 머리통을 감
싸 안았다.

작열쌍린장!

치이이이!

진자강은 범본의 머리를 완전히 짓눌렀다. 연기가 피어
올랐다.

범본은 진자강을 밀어내었다. 진자강은 칡넝쿨 뜯겨 나
가듯 떠밀렸다.

한데 뒤로 밀려나서 뒤로 공중제비를 돌아 착지하던 진

자강의 행동이 조금 이상했다. 바닥에 제대로 서지 못하고 기우뚱거렸다. 오른발을 거의 딛지 못했다. 오른쪽 무릎을 펴지 못하고 절룩거렸다.

조금 전 부상을 입은 것이다.

진자강은 무릎을 내려다보았다.

큰 이상이 없을 거라 생각했는데 아까 대퇴부를 맞고 나서부터 다리가 후들거리더니 충격이 많이 쌓였던 모양이었다. 방금 범본의 얼굴을 가격하다가 오히려 무릎이 나갔다.

진자강은 고개를 들어 범본을 쳐다보았다.

범본은 아까와 똑같이 우뚝 서 있을 뿐이다. 얼굴이 피범벅이 되었고, 네모진 코가 좌측으로 잔뜩 뒤틀려 있었다. 머리가 조금 붉어져 있었으나 작열쌍린장에 의한 화상은 전혀 없었다.

범본이 손가락으로 코를 집고 힘껏 비틀었다.

뚜둑.

코가 본래대로 되돌아왔다.

범본이 거추장스러운 상의를 쭉 찢어 버렸다.

그야말로 거대한 바윗덩이 같은 상체의 근육이 고스란히 드러났다.

순간 진자강은 왼발을 박차고 범본에게 몸으로 부딪쳐 갔다. 철포삼이 사라진 지금이 기회다!

진자강은 남아 있던 절겸도로 범본의 두툼한 배를 찍었다.

콱!

살에 파묻힌 것인지 찍힌 것인지 알 수 없는 정도로, 한 치가량 날이 들어갔다.

진자강이 이를 악물고 절겸도를 당겨 범본의 배를 찢었다.

끼이이이…… 절겸도의 날이 걸려서 쉽사리 당겨지지 않았다.

그러다가 뚝, 어이없게도 절겸도의 날이 부러져 나갔다. 범본은 파리 쫓듯 손바닥으로 진자강을 쳤다. 진자강은 항거하지도 못하고 날려져 탁자와 의자를 몇 개나 부수고 굴렀다.

쿠당탕탕!

범본은 파편 속에 처박혀 꿈틀대는 진자강을 보며 씩 웃었다. 잇새로 진자강이 묻힌 피와 자신의 피가 흘러들었다.

그러자 입을 오물거려서 피가 섞인 침을 모은 뒤 뱉었다. 그것으로 입과 코에 흘러든 피는 더 이상 신경 쓰지 않았다. 혈독이고 뭐고 아랑곳 않는 투였다.

　　　　＊　　　＊　　　＊

　당가대원의 이들이 무각을 쳐다보았다.

　임이언이 물었다.

　"대사, 제 말이 어떻습니까?"

　범본의 철두공에 대해서 묻는 것이다.

　무각은 한숨을 쉬었다.

　"왜 그러십니까?"

　"너는 예전에도 보았지만 정말로 멍청하기 짝이 없구나. 네깟 것이 어떻게 검후니 뭐니라 불리게 되었느냐?"

　임이언의 얼굴이 붉으락푸르락해졌다.

　"아까부터 말씀이 심하십니다! 아무리 선대의 고승이라 하셔도!"

　"왜? 한판 붙어 보게?"

　무각이 부러진 채로 붙어 버린 손가락을 들어 보였다.

　"덤벼 봐라. 내가 손가락 하나로 상대해 주마."

　무각의 손가락이 그냥 손가락이 아님은 알 만한 사람은 다 알았다.

　임이언은 차마 싸우자는 말도 못 하고 고개를 돌려 버렸다.

　"됐습니다."

육하선이 무각을 나무랐다.

"너무하십니다. 후배를 그리 핍박하면 좋은 선배 대접을 못 받게 됩니다."

"바보 같은 소리를 자꾸 하니까 그렇지. 내가 말했지? 대불이 하면 뭐든지 다르다고."

"그럼 철두공도……?"

무각은 대답을 하지 않았다.

남궁락이 생각에 잠겼다가 말했다.

"철두공이 소림 최강이라 치지요. 머리에는 약점이 없다고 해 보겠습니다. 그럼 철포삼은 어떻습니까?"

"철포삼?"

"대사의 말씀대로라면 대불은 금란철주가 아니라 보통의 철포삼을 익혔을 것입니다. 그러나 철포삼에는 여타의 호신 강기와 마찬가지로 조문(罩門)이라고 하는 약점이 있습니다."

조문은 어떤 수련으로도 결코 단련시킬 수 없는 부위다.

"옷을 입는다면 입고 벗는 구멍이 있어야 하고, 통발을 놓는다면 물고기가 들고 나야 할 구멍이 있습니다. 마찬가지로 철포삼에도 내공이 깃들었다가 빠져나가야 할 문이 있습니다. 설사 대불이라 할지라도 조문은 없을 수가 없습니다."

임이언이 기분 나쁜 표정을 역력히 드러내며 끼어들었다.

"흥, 조문을 대불이 허용하겠습니까?"

"허용하고 말고의 문제가 아니오. 적어도, 그에게 약점이 있다는 걸 말하고 싶은 것이지."

무각은 한숨을 쉬었다.

"맞다. 철포삼에는 조문이 있다. 금란철주에도, 어디에도. 분명히 조문은 존재하느니라."

당하란이 눈을 빛내며 물었다.

"하면, 조문을 찾아내면 대불을 이길 수 있다는 뜻입니까?"

모두의 눈이 무각을 향했다. 무각은 희망이 없다고 했지만 조문이 존재한다면 희망이 없지 않다.

진자강이라면,

천하의 독룡이라면,

싸움의 제왕인 수라라면 반드시 조문을 찾아내 역습할 수 있을 것이다!

하지만······.

무각은 또 대답을 하지 않았다.

그것이 뭇 사람들을 불안하게 만들었다.

무각이 띄엄띄엄, 천천히 말을 했다.

"나는 독룡이 대불을 만나러 가지 않기를 바랐다."

남궁락은 무각의 의견에 반대했다.

"지금이 가장 좋은 기회였습니다. 지금이 아니면 대불과 독대할 기회조차 없었을 겁니다."

"그건 독룡이 대불을 이겼을 때 얘기다. 대불과의 싸움에 있어 좋은 기회란 없다."

"대불은 나한 무공의 최강자라고 하지 않으셨습니까? 입문 무공은 변화가 적어 독룡이라면 충분히 대처할 만합니다. 금강지, 소림오권, 곤법, 나한진…… 모두 허초나 변초가 없는 정통적인 방법입니다."

"변화가 필요 없을 거란 생각은 왜 하지 않느냐?"

"변화가 적다면 조문을 찾아내 공격하는 것도 결코 어려운 일이 아니라는 의미에서 드리는 말씀입니다."

무각이 헛웃음을 터뜨렸다.

"너희는 너무 낙관적으로 보고 있구나. 나는 너희와 생각이 다르다. 내가 믿는 건 단 하나다. 수라의 직감으로 대불을 상대하지 않고 달아나는 것! 그것조차 쉬운 일은 아니겠지만, 녀석이라면 늦기 전에 달아날 거라 생각 하고 있는 게다."

당하란이 소리쳤다.

"그만!"

모두가 당하란을 쳐다보았다.

당하란이 입술을 꾹 깨물었다.

"남편은…… 독룡은…… 반드시 대불을 이기고 돌아올 겁니다."

무각은 애처로운 눈으로 당하란을 쳐다보았다.

"일인 나한진까지는 이겨 낸다 하더라도…… 독룡이 조문을 찾으려 하면 반드시 죽는다."

당하란이 외쳤다.

"왜요! 왜 자꾸 죽는다는 말씀을 하십니까?"

"그럴 수밖에 없다. 대불은!"

무각의 얼굴이 크게 일그러졌다.

"대불은……."

*　　　*　　　*

진자강이 이상한 눈으로 범본을 쳐다보았다.

무언가…… 수상쩍은 느낌이 든다.

금강지, 소림오권…….

아까는 백보신권을 사용했다. 그런데 왜 지금은 소림사의 기본 무공만을 사용하고 있는가.

그리고…….

진자강이 일 층에서부터 지금껏 펼쳐 둔 독은 왜 범본에게 영향을 주지 못하고 있는가. 범본은 수라혈의 위력을 모르는 것도 아닌데 왜 딱히 신경 쓰는 모습을 보이지 않는가.

철두공조차 의아하기 짝이 없다. 뇌강신정으로 분명히 내부에는 진탕을 일으켰다. 그런데 왜 사람의 뼈와 가죽은 뚫지 못하였는가.

특히나 이상한 것은 철포삼을 깨뜨렸는데도, 절겸도로 범본의 뱃가죽을 찢지 못했다는 것이다.

진자강은 문득 생각이 난 바 있어 중얼거렸다.

"벽독(辟毒)……."

독이 듣지 않고.

"수화불침(水火不侵)……."

물과 불이 들어가지 않고.

"도검불침(刀劍不侵)……."

날붙이가 뚫지 못한다.

진자강은 소름이 끼쳤다.

"설마?"

범본이 편안한 표정으로 되물었다.

"왜 그러십니까. 이제 소승이 두려워진 것입니까?"

그때, 밖이 매우 소란스러워졌다.

"독룡! 독— 룡—!"

나한승들과 싸우는 소리가 나며 누군가가 진자강을 목이 찢어져라 불렀다.

"안령 소저?"

콰장창!

안령이 이 층의 창문을 부수고 들어왔다.

머리는 산발이고 온몸이 피투성이였다.

빠드득!

범본을 본 안령은 이가 깨져 나가도록 빠득빠득 갈았다. 엄청난 살기를 뿌렸다.

"안령 소저! 여기에 있으면 안 됩니다."

진자강이 안령을 말렸다. 그러나 안령은 듣지도 않았다. 진자강은 범본을 노려보는 안령의 옆얼굴에서, 그녀가 흘리는 피눈물을 보았다.

"다 죽었어. 다."

소림사로 가던 안씨 의가의 안율진과 가문의 식솔들을 말하는 모양이었다.

안령이 피투성이가 된 손가락으로 범본을 가리켰다.

"당신이 우리 할아버지를 죽였어!"

범본은 태연하게 안령을 쳐다보았다.

"고마운 줄 아셔야 합니다. 대신, 안씨 의가만은 명맥을 유지할 수 있도록 남겨 둘 것입니다."

"복수할 거야……. 복수할 거야."

저벅. 안령이 범본을 향해 걸음을 내디뎠다.

진자강은 안령이 범본에게 출수하려는 걸 보고 소리쳤다.

"안령 소저, 물러나십시오! 대불은……!"

*   *   *

무각이 말했다.

"대불은 소림사 유일의 금강불괴(金剛不壞)다."

무각의 말을 들은 모두가 얼어붙었다.

금강불괴에는 도검은 물론이고 독마저 통하지 않는다.

진자강의 장기가 모조리 봉쇄되는 것이다.

대불이 정말로 금강불괴라면 그는 무적(無敵).

진자강은 결코 대불을 이길 수 없을 것이다.

〈다음 권에 계속〉

『제왕록』, 『무림에 가다』 시리즈의 작가 박정수
그가 거침없는 현대 판타지로 돌아왔다!

『신화의 전장』

주먹을 믿지 마라.
우리가 살아가는 이 땅에 인간을 벗어난 자들이 존재한다.

★
dream
books
드림북스

전생자

『죽지 않는 무림지존』『천지를 먹다』『마검왕』
베스트셀러 작가 나민채의 신작!

[시간 역행을 하시겠습니까?]
[모든 능력이 리셋 됩니다.]
[날짜를 선택 하여 주십시오.]

"1985년 2월 28일. 내가 태어났던 날로."

dream
books
드림북스

마법군주』 발렌 작가의 신작!

『정령의 펜던트』

"정령사는 말이지, 되고 싶다고 해서 되는 게 아니야.
그냥 그렇게 태어나는 거지.
날 때부터 정해진 운명 같은 거라고."

★
dream
books
드림북스